婚宴

[捷克] 博胡米尔·赫拉巴尔　著
星灿　劳白　译

北京出版集团公司
北京十月文艺出版社

1956 年 12 月 8 日赫拉巴尔与艾丽什卡·布莱沃娃举行了婚礼

赫拉巴尔与艾丽什卡的婚礼照

赫拉巴尔和他的妻子摄于1960年

1955 年的赫拉巴尔

赫拉巴尔的妻子艾丽什卡。摄于 1956 年（婚前）

1

我找的这所房子还算可以。门前立着一盏煤气灯，还有一条曾经铺着小方石块的人行道，不过路面早被挖得不成样子，如今刚刚重新铺好。煤气灯已经亮了，我借着灯光认出了这座房子的门牌号码：24 号。我一跨进院子大门就闻到了从过道上散发出来的一股酒味和潮气。四周的墙壁潮得灰泥剥落，有点儿像油酥面团。我穿过走廊来到小院，不禁往旁边一闪，只见一个金发女人只穿了一条玫瑰红的裤衩和戴了一副乳罩。她正提着一桶水往院子里泼，然后又用扫帚将冲洗过的水扫进下水道。她全神贯注地干着这活儿，累得汗流浃背，一脸不高兴的样子。提水，往院子里冲水；再提水，再冲水……我问了一句：“莉莎太太在家吗？”

“不在。不过您可以问问那位也在洗地的博士。您知道，我这儿必须弄得干干净净，全楼房的人都打我的窗口过，而我又是个干净惯了的人。”这个满头金发的胖女人说。大概是为了证实她所说的话，她推着我的肩膀走到她家房门口，打开房门。果然，我看见的房间非常干净。灶面擦得锃亮，柜子也擦得十分光溜，上面摊着几根鸵鸟毛，窗子下面的长沙发上罩着天鹅绒的沙发套，摆着好几个丝面靠垫，桌上盖着一块漂亮的桌布，中间摆着一瓶人造的红罂粟花。

我耸了一下肩膀，蹚过一长溜水洼，来到一座小台阶上，往上迈六步，看到另一个小院。右边是一排泥土堆到了窗子边的长长的板棚，就靠它们隔出来了另一个小院。我沿着这一排紧闭着的窗户朝着一栋二层楼房走去。这座楼的楼上有一条带铁栏杆的外。楼房侧面的那堵墙正好与板棚相连，高高地耸立在板棚上方。墙皮剥落，硕大的一面墙连一个窗子都没有。院子左边是一个用来悬挂地毯以拍打尘土的架子，旁边是一扇敞开着通向洗衣房的门，从里面散发出一股合成洗衣剂和脏水的臭味。我继续往前走，楼下的一盏可以上下拉动的吊灯灯光吸引住了我。小院里倒是蛮舒服的。从楼下敞开的一扇窗户里透出一丝凉气，我不禁哆嗦了一下。

我站住没动犹豫了一下，该不该进去呢？是进去打听一下，还是离开这儿算了呢？在下面的第一个小院里，我听到那个金发女人还在用水桶提水浇水泥地，接着又听到水龙头放水的声音。我站在装有铁栅栏的窗户前一堆泥土旁边，泥土中长着两株五叶爬山虎，它沿着一根铁丝横贯整个院子。爬山虎的卷须往下耷拉着，过了一截又扭过头来朝上长。它轻轻触着了我的身子，我鼓起勇气，走到窗子跟前。

有个男人正跪在地上用细草根做的刷子刷地板。不，他不是跪着，而是四肢都趴在地上。他全神贯注，一声不吭地在擦地板。如今他直了一下腰，满心欢喜地看一看已经擦洗干净的那一片地板。屋子角落里安放着炉灶，那座炉火正旺的铁炉灶上面放着一口大锅在煮水。我站在窗子外边静静地观察了一下：拧在钢琴上的烛台上吊着四根小链子，这四根链子绕在一块板子的四个角上，板上搁了一盆大文竹，文竹的枝子朝下弯曲得碰着了安在窗框间的两面镜子。房间的一角摆着一张安有四个黄铜轮子的黄铜赛采赛①式的床。其他家具全放在房间外面：椅子、桌子，还有一张椭圆小凳子，凳子上摆了一段树干，树干里面大概有个马蜂窝什么的。

这个男人又抓起粗板刷，蘸上水，继续全神贯注地刷起地板来。刷子咯吱咯吱地响着，吊灯给板刷照亮着行走的路线。只听得下面第一座院子里用水冲洗水泥地的唰唰响声，随后又听到二楼上有人开了门，屋里的灯光射到院子里。等那人把门关上，院子里的光亮便没有了。只听得有人一步一步从旋梯上走下来，我立刻躲到敞开的厕所门后面，可我又直担心那个下楼的人是来上厕所的，因为在这座楼里什么事情都可能发生。直到那人下到第一个院子，我才松了一口气，立即从厕所里钻出来，后又听到了那金发女人泼水的声音。她肯定泼在这个刚下楼的人的脚下，因为他惊叫了一声，接着就是一阵对骂，一声高过一声。那金发女人把劲儿憋足了，仿佛就为在这片刻发

① 19世纪末的一种艺术流派，在实用美术上强调线条装饰风格。

泄个痛快。有人挨她泼了这么一大桶，使她从对骂中解除了不少疲劳。

“我是个爱干净的人，难道不是?！我受不了脏！这座该死的楼房，这些该雷劈的住户！还有他们的客人，楼房里这些可恶的家庭聚会!”这个只穿着一条裤衩和戴一副胸罩的女人在扯着嗓子喊个不停。我鼓起勇气，准备打听我要找的人。我不知道为什么那个刚刚下楼的人又上楼去了。我还听到，就在我下方，好像在院子下面哪个地下室里有人在铲煤，铲子里的煤块儿沉重地倒进一只铁桶里。

“博士先生，”我咳嗽了一声，“您听得见我说话吗，博士先生？您知不知道莉莎和她的丈夫什么时候回来?”

“知道。”我喊的那个人手里仍旧拿着板刷，如今他将板刷扔进了水桶，正用一块拧干的抹布擦去地上的脏水。

我将双掌撑在窗子中间的两面镜子框上。我看到，这人有一对蓝色的眼睛。他擦去手臂上的汗水，微笑着对我说：“莉莎太太到河对岸去了，很快就会回来。”说要是我愿意的话，可以到他屋里去等她，还说要给我搬张椅子到炉灶边，让我暖和暖和。

他费了好大的劲儿才站起身来，灯光照得他的头顶发亮。这时我才看到，他头发很稀。如今他将报纸铺在地上，好踩着它走到门口来，免得弄脏地板。他给我的印象像是一位早已退役的足球运动员。他将手伸给我，把我领到炉灶那边，然后拍了一下脑门子，重又踩着报纸走出去搬了一张椅子回来。我坐了下来，觉得很舒服。本来我已经觉得有点儿冷，如今炉火烤得我浑身上下都暖和过来。那位博士轻手轻脚地将水桶提到院子里，我听见他将脏水倒进下水道。这下水道有点儿堵，咕噜咕噜的，水流得不顺畅，只是慢腾腾地一点儿一点儿往下渗。好不容易才一小口一小口地把桶里倒出来的脏水吞完，下水道管儿仿佛松了一口气。那个我称之为博士且同意我这么称呼他的人往桶里倒了点儿开水，然后又走到过道上，打开水龙头灌了些凉水。随后，我听得有人快步走过院子，然后停了步，我觉得有人在往我这儿瞧。我还听到水桶碰着院子里水泥地板的声音，随后有人提起水桶按原路走上楼去，在那里沉重地叹息了一声，就像那个下水道，开始还犹犹豫豫要吞不吞那脏水，突然咕噜一声响，将整桶脏水吞了下去。

“听口音，您是摩拉维亚人。”博士说。说完又蹲下来，然后趴在地上继续用他的粗板刷刷地板，接着用抹布再擦一遍，将脏水拧在桶里。“是。”我回答说。

“请记住，布拉格凡属有点价值的东西都是从摩拉维亚来的。我也是摩拉维亚人……但是请注意！所有我有过的漂亮东西，都来自一座捷克小镇子……”他笑了笑，美滋滋地看着他刷干净了的地板，接着往下刷，“可是我又不得不从我这座小镇子里逃出来，因为我在家里待不下去了。有一天我瞅了一下我四周围，不禁对自己的一切感到惊讶，连我自己都没有注意到，我竟然当了这么久的少爷，我竟然这么久一直只穿在布拉格缝制的衣服，我竟然这么久只穿从波尔迪·库德曼那儿定做的鞋子，我竟然这么久挑选那漂亮的领带配上从普希科比买来的更加漂亮的衬衣，我竟然这么长期以来戴的是捷康店的礼帽和鹿皮手套。我为自己感到惊讶，因为我发现我和我的父母及弟弟住着四间房子，我的房子里还有一个漂亮的书架。总之，我当时还什么功绩都没有，却过得像个皇帝老子一样舒服。于是我怀着羞耻的心情从啤酒厂的这所漂亮住宅里逃了出来，内心平静地来到这里，这所由锻造车间改成的住宅，这栋原来什么也没有的旧楼里。我得自己粉刷墙壁、自己刷地、自己找家具，总而言之，这里的一切都是我花自己的钱，花我在克拉德诺，在波尔迪钢铁厂挣的钱买来的。在这个留着被星星烧焦了鬈发的漂亮的脑袋①里……对，我就是星星们加冕的那个人。”

“所以您才在这儿洗地板？”我不禁笑了。

“您知道，就因为这个。假如您想干净得别具风味，您就得一丝不苟。”博士说话的时候，手里还拿着那块滴着脏水的抹布，他带着沉溺于幻想中的神情接着说，“我不想比别人拥有更多，我只想通过自己的劳动来达到别人那样的水平，或者说，我尽量努力像别人那样去做、去生活。我现在干着的这活儿正是使我感到自由自在的，一种魅力无穷的诗境。至少我自己认为我是自由的，所以我才放弃了我曾经拥有的漂亮书架，我的盖着褐色天鹅绒的写字台，放弃了由女仆为我生火的瓷砖

---

① 波尔迪钢铁厂的厂徽图案。

铺面的炉灶，放弃了妈妈给我准备的我最爱吃的菜，还有我爸爸装满一地窖的葡萄酒和啤酒。”

我抬起眼睛，深深地沉浸在我自己的回忆之中：“不错，我们家也曾住着十三间房子，还雇了两个女佣，我有一个保姆，我爸有个马夫和司机。我爸还有个地窖专门放着法国的高级葡萄酒，爱尔兰和苏格兰的名牌威士忌。我的卧室是按路易十四风格①布置的。我爸爸有个英国风格的工作室，整个墙面都饰以褶皱的帷幕，每个屋角落里都摆着一个赛夫勒②产的花瓶，墙上挂满了荷兰油画名作。因为我爸爸曾去世界各地采购木材，因为他曾经是一个庄园总管。我妈妈的卧室……”

博士正将板刷上的水甩在最后的一块脏地上，他打断了我的话说：“您自己离开了您那座别墅、那所住宅？您离家出走啦？”“不是这样的！”我纠正了他，“战争结束后是怎么个情况，这您不也知道吗？他们把我送到劳改营去的时候，我才十六岁，不仅把我，而且把我的父母也送进去了。我当时不知道我的哥哥卡雷尔在哪儿，我的姐姐湖翠在哪儿。直到后来在劳改营里我才得知我哥哥在斯大林格勒战役中受了伤，子弹射中了他的下巴颏，我姐姐湖翠逃到荷兰找她丈夫去了，我的弟弟

---

① 路易十四风格，是指法国路易十四当政时期（1638—1715）的视觉艺术。这一时期的装饰主题包括贝壳、半人半兽的森林神、小天使、垂花纹饰、花环饰、神话题材、涡形装饰（饰纹镜框）、叶状旋涡纹和海豚。

② 赛夫勒，位于塞纳河左岸的法国城市，在巴黎西面。该城市以赛夫勒国家瓷器厂著名，厂内有瓷器博物馆。

海尼还是个小男孩，跟着我们一块儿被押到一个砖厂服苦役。德国人输了，我倒有了罪过，我当时只有十六岁……”

他伸直了腰，扭动了一下肩膀，然后舒舒服服地吐了一口气，说：“这太糟糕了，可是有好多无辜的人也要为败方受不少委屈，然后便是以牙还牙，以眼还眼。在《旧约》里这个原则也是有效的，更残酷更有甚的是，还出现了‘一只眼睛还两只，一颗牙齿还整个一副颚骨’的口号。可是您瞧，我的活儿干完了，您看见了吗？”他站起身来，得意地挥了一下手，并将那块搁着板刷和肥皂、芳香四溢的干净木板指给我看。

我走出房间，来到莉莎家门前，就在院子对面的二层楼上，可她家还是漆黑一片。楼下那个金发女人家的灯倒是亮着。

后来我同博士将桌子搬进他干净的房间里，接着又搬椅子，还把个带着马蜂窝的半块木头也搬了进来。我们往桌上铺了块桌布，博士拿来一只酸奶瓶，里面插着三枝石竹花。然后又把吊灯往下拽了拽，将一张报纸当灯罩围在灯泡四周，用根细铁丝捆着，光线便集中在白桌布和鲜艳的石竹花上。随后博士又往桌上放了一个大罐子，并往里倒了四瓶啤酒请我喝……

就这样我跟一个陌生的男人坐在了一块儿。他坐在我的对面，不直接看我。虽然他也在看我，但只是用眼角在瞟我，而且好像是在看着我旁边的什么地方。但是我感觉到，他之所以不直视我，只是为了能更好地看见我，有点儿像马那样。啤酒味道很好，炉子也烧得很旺，博士老往里面添劈柴……

“这里真好，是吧！”博士骄傲地惊叹了一声，“您会为我感到惊讶，我每个星期天乘车去看望父母，可是等我坐着火车回来，一下车我便匆匆跑出火车站，飞快地往家赶，直到开了门，打开灯，我才喘口气。我又回到这个地方，回到我的家了！我生上这个炉子，把鲜花插进玻璃瓶里，在这白净的桌布上翻开书本，从街对面打来一罐啤酒。您不觉得我这生活赛过神仙？”

“博士先生，我给您送来点儿东西，不过您今天就得趁新鲜享用掉它。”这女低音来自窗子外边，把我吓了一大跳，原来那金发女人便站在窗口，博士也吓了一跳。她半截身子露在窗口上，戴着那副玫瑰红胸罩，两手举着一只锅和一个碟子，锅里正在冒热气。

博士端过碟子和锅，闻了闻，高兴了！

“啊！匈牙利红烧肉！用牛后腿做的红烧肉，咱马上就吃。贝朗诺娃太太您怎么猜中我家里什么吃的也没有啊？主要的是，我们的肚子已经空空如也了。”

爱干净的金发太太笑了笑，转过身去，屁股胖得快要把裤缝线撑开。她撩开爬山虎藤，脚下的响底凉鞋呱嗒呱嗒穿过小院，到下台阶的时候，响声变慢，进到她的家里。

“她是谁？”我轻声问道。

博士拿着面包，拿面包的姿势也很不对劲。他用钝刀费劲地切下来一片，本想说些什么，后来干脆把面包和刀子放下，说：

“这位太太年轻的时候当过酒吧女郎，在汉堡当过女招待，一干就是二十年，所以特爱干净。如今在金鹅大饭店洗碗，都说他们饭店从没有过这么干净的洗碗工，所以总给她用平底锅盛点好吃的让她拿去送给她的三朋四友。她白天在金鹅饭店洗碗，晚上在这院子里洗地，洗她的家具，洗假花。她大概是看上我了，她每次给我送来平底锅时，我总是手足无措，不知怎么办好，我有点儿害羞……”

“您不害羞？”我抬起眼睛说。

“如今不怎么太害羞了，还有一丁点儿，您知道，我属于还知道害羞的一代人，我们到二十五岁还害臊。这大概是因为我们没有跟女孩们一块儿上学的缘故……您知道，到最后在我身上唯一的一点可贵之处就是我还爱红个脸，知道害羞……还有一点与我这个人相配的是，我的‘嘟噜’音①发不好，总带点儿‘嘶’声在里面。去年我去找过大夫，想请他帮我纠正一下这个音。他听我打了一下嘟噜，然后说：‘依我看，您已经有这么大一把年纪了，已经开始掉头发了，嘟噜音发得好不好已经无伤大雅，这嘟噜音还正是您唯一的一个可喜的特色哩！就这样吧！咨询费一百五十克朗。’”博士说着将平底锅放在桌上，又开始费劲地切第二块面包。这时我才注意到，他

① 捷克字母里的“R”为弹舌声，跟俄文字母的“P”一样。作者管它叫“嘟噜声”。

有一双皮肤非常粗糙的手，像乡下人，像葡萄园工、挖土豆和种菜的人那样的手。他终于切下了第二片面包，收拾干净台布上的面包渣……他给了我一个勺子，我们便共用这个勺子吃起饭来。连我自己都微微吓了一跳：我用一下勺子，然后把勺子递给他，随后他又吃了一口红烧肉，把勺子还给我。我们就这样就着面包吃，活像一对新婚夫妇共一个碟子、共一个勺喝汤那样。“啊！这些面包片啊！这些我的棒极了的面包片啊！”

博士大着嗓门儿说，“我吃了多少抹了油的面包片啊！一片摞一片的，就跟旅游鞋的鞋垫一样。我带着这些面包片可以一直吃到维也纳，岂止到维也纳，可以一直吃到巴黎！我妈给我的面包片抹油抹得薄，我宁可自己抹，我特爱吃油。我还是个小男孩的那会儿，每当妈妈不在家，我就放些鹅油或者鸭油在茶缸里，用勺舀着就面包吃。再往这美味上撒点儿盐和胡椒面，来点儿啤酒。因为，年轻的太太，我整整四十年住在啤酒厂里啊……”

我说：“我不是什么年轻的太太。”

“那就更好。我在享用这鹅油美餐时总要喝点儿啤酒。您知道，我们家每年要宰三次猪，有好几桶猪油，可我妈妈给我往面包上抹的油总是那么薄薄的一层，于是我便自己抹。趁妈妈没注意的时候，我便抹上一个指头那么厚的油，然后把抹了油的那一面朝下那么拿着，免得妈妈看见。要是被她抓住了，她准要责备说：‘肯定会把肚子吃坏的！’我就这样跟妈妈逗了二十年。直到如今我还保持了这个习惯。因为我始终最爱吃抹了油的面包片，上班时我也带上两片抹了油的面包，即使妈妈不在这里，我拿面包时也还是把抹了油的那一面朝下。因此有时还会出现这样的情况，我面包片上的油一不小心便滴到地上。”

正当我们吃完这匈牙利红烧肉，对面楼上，也就是那位爱干净的金发太太家楼上一间房里的灯亮了，窗户朝外敞开。于是我站起身来，耸了耸肩膀。

我说了一声谢谢。

2

我站在黑暗的小院里，仿佛站在一艘带有通到岸上的梯子的小汽轮上。在下方那个院子里，极爱干净的那位太太家的窗子亮着灯，如今她正伸直腿躺在紧挨着窗户的长沙发上看书。莉莎太太站在二楼一扇敞开的窗口旁，两手撑在刚打开不久的窗扇上。

“碧碧①，”莉莎给我指点说，“离这儿不远就是通向我们这栋倒霉的楼房的走廊门！”

我伸手摸着了门把，可就是打不开门。莉莎大着嗓门儿嚷嚷道：“您得使劲推，用膝盖顶！要不还是等一等，让乌利来接你吧！”

随后我便听到有人从走廊上跑下来。门上半明不暗的玻璃透着一个男人身影。他在拽门把，又拽了一下，门开了。被风

① 赫拉巴尔在“传记体三部曲”中，称他妻子为碧朴莎。碧碧则为碧朴莎的昵称。

刮起的沙子和墙上掉下来的灰泥擦门钻进了楼道里。从哪个地窖里蹿出来一股掺杂着腌白菜臭味的冷飕飕的过堂风刮进了暖和的夜晚。乌利就站在门口。这位在战争期间就跟我们家有了交情的朋友，自分手的那一年起就没跟我们见过面了。他的脸色有点苍白，但没错，就是他。所谓跟我们家有交情，实际上是跟我爸有交情。其实我爸爸也不是怎么特别喜欢他，只因为莉莎，乌利的老婆在我爸那里当会计。我爸倒是蛮喜欢她的，因此所有的信件都口授给她来打字。乌利在楼道上拥抱了我，然后上了一个台阶，我紧跟在他后面，便到了楼房靠外的过道里。过道上有个敞开的窗子，我走近窗口，便看到了下面的整个院子，那堵高墙，那座二层楼上带有外廊的楼房，看到楼下那间亮着灯的房子，透过它的窗子还可看到那盆用四根长短不一的链条吊着的一盆大文竹。莉莎走了过来，拥抱了我，亲了亲我，我流出了眼泪……

“那些金色时光都到哪里去了？想起来真是百感交集啊，不是吗？”

她请我进到她们屋里。先是用柜子隔出来的小厨房，柜子后面是一张床，有个窗户朝过道开着。然后就只能带我进到一间极小的房间里。

随后我们便坐在这间小房子的一张沙发床上。小房里的窗户全朝街开。有个窗户半明半暗地透着那盏煤气路灯灯光，时不时从外面传来汽车行驶的声音。乌利从地窖里拿来一瓶摩拉维亚葡萄酒，用他发抖的手斟到玻璃杯里。我困惑不解地望着他们，因为他们两个都在一个劲儿地对我诉苦发牢骚。他们争先恐后地对我解释说，他们两个人之所以都丢了工作，是因为莉莎是个德意志女子、是奥地利人；乌利虽然是摩拉维亚人，但因为他娶了莉莎。而且恰恰在捷克爱国者们因为游击队枪杀了海德里希[①]而纷纷遭迫害的时候举行的婚礼。战争结束后，两人都进了牢房，乌利坐了半年，莉莎坐了一年，尽管逃到了布拉格，到头来仍旧被找到了。后来又因为什么惩罚他们来着？说是莉莎给一个上尉当过秘书。

“可我已经知道所有这一切都是谁造成的。我可以拿脖子担保，这是犹太人干的！”乌利用指头扎了一下脖子嚷嚷说。

莉莎点头表示同意。一开始数落犹太人，她便精神抖擞起来，说正是那些犹太人让乌利的批发业宣告破产；正是那些犹太人逼得德国人发动战争；到最后还是那些犹太人让帝国[②]打了败仗。一直到最后几天，帝国的士兵还在霍多宁[③]的最后一天，莉莎还坚持说帝国能打赢这一仗，因为它有秘密武器。如今他们坐在我对面的沙发床上，看去一点儿也没有变，莉莎翻来覆去老是讲着这些话；乌利则一门心思地认为，绝不会老是这样下去，总会有变天之日的；说再不行，总会有无原子区的，而他便可以再去当巧克力产品推销员，去当西方一些公司

① 海德里希（Reinhard Heydrich，1904—1942），德国纳粹高级官员，1942年遭两名捷克爱国者伏击而身亡。

② 指纳粹德国。

③ 捷克一小城市名。

的代理。他说不过眼下还行不通，因为犹太人又有什么提议，而且还有权。我坐在那里，瞧着这两个人，见他们老是这么抱怨个没完，觉得有些反感。正像我所看到的，他们能生活在一起，房子比他们原来住的小一点儿，可他们总没有落到我和我的姐姐湖翠还有哥哥卡雷尔这个地步吧！我甚至被他们的话吓了一跳，因为我开始意识到他们之所以这么抱怨，只是为了让我别打算开口求他们什么，住到他们这里，靠他们去支撑生活，因为我突然闪电般来到他们这里，无缘无故地访问了他们。

接着沉寂了片刻。乌利斟完酒，酒瓶碰得玻璃杯叮当一响。莉莎把她的手按在我的手背上，说："碧朴莎，你怎么样？出了什么事吗？我听说你来布拉格已经两个月了，可你既不去登记，又不去申报户口，我们真不知道该怎么去想你哩！"

乌利大着嗓门儿嚷嚷说："我跟你爸常常坐在小酒窖里一块儿喝香槟，啊！碧朴莎，你爸可喜欢我哪！可惜我们那时没有及时从这儿逃走，没有将蒙德赛①两座相邻的别墅买下来。唉！真遗憾我们曾经相信帝国会打赢，我们……"

莉莎打断了他的话说："别扯这些啦！我们是时代的牺牲品。碧朴莎又该说什么好呢？她什么都失去了，连房子，一切

---

① 奥地利境内的一个湖，二战后，捷克布拉格的一些富人常去那里度假，是一个优美的疗养地。

的一切，甚至在瑞士的存款户头都没有了。可我绞尽脑汁在想，那些存款户头是不是落到了犹太人手里，你爸不是跟犹太人的公司做过生意吗？既然战争以德国人吃败仗而告终，谁会承认欠了你爸的账呢？主要是你爸死了，他的证件都在哪里，这谁也不知道，你说这可怎么办，碧朴莎？”

“我哪知道！”我说，“我都不想活在这世界上了。我从十六岁起就一直倒着霉，而我又不会来事儿，像有的人……”

“像有的人？这是什么意思？你在说什么，碧朴莎？我干的是一个公职人员的活儿，累得贼死，每月才挣八百克朗。乌利这个锻工成天卖苦力，一个月才挣到可怜的三千克朗，可你还来责备我们？”

“我不是这个意思，我说我不像有的人那样会来事儿，是指我谈恋爱的事儿。我爱上了一个爵士乐吉他手，他已打发我到布拉格来见他的妈妈，当时我们已经有了在教堂举行婚礼的通知，让我作好结婚的一切准备，可是一个月之后我却得知，我的这位心上人，这位爵士乐吉他手找了一位女爵士乐歌手，同他一道溜到维也纳去了，在那里结了婚……我都不想活了，我到现在也不想活。可是我自杀没成功，所有的药片都呕了出来，于是我仍然活在这世界上。不是我乐意，而是我已经无力再尝试离开这世界了。”

我坐在一张小沙发椅的边边上，两手扶着膝盖，垂头丧气打不起精神。我究竟为什么要到这里来呢？我明明看到，我在这里是外人，就好比我上次遇到的我那爵士乐手这害人精的妈妈一样。那家伙让我到日什科夫①去见他妈妈，在那里准备婚礼，而他自己却跟他的情人逃到维也纳去了，并在那里娶了她。我看得出来，这两位我爸爸从前的朋友如坐针毡，生怕我求他们什么。如今我明白了，那时候他们对我们一家人都那么好，那时候爸爸请他们上我家别墅，他们受宠若惊；那时候乌利连对我也表现得竭尽全力、殷勤周到，都是因为我爸有一大笔财产，不仅在木材实业界而且在整个商业界里都有举足轻重的地位。如今我坐在这里，穿得又不像个样子，甚至连我自己也突然注意到了这一点。在我准备起身走掉之前，莉莎就开始规劝起我来了。

“你瞧，碧朴莎，你可不能这样下去啊！碧朴莎，可怜的，你瞧瞧你自己现在这模样吧！喏，我的上帝！他跟别的女人跑了，你还会再找到可心人的，命运会帮你找到另一个的。你怎么能这样头发乱蓬蓬的就在外面跑呢？你看看你自己吧！你怎么能穿着这样的破裙子就上电车呢？再看看你那双鞋子！你总不能穿着这样的破皮鞋去上班啊！你是在巴黎饭店工作，不是吗？你在比什佳尼不是还有住房吗？那你就回到那边去吧，到那里去住，到那里也能找到工作。那里的那套家具好像是你爸按照自己的意见请人做的，不是吗？”

院子里传来一声巨响，仿佛隔壁刚遭爆破。接着便是掉土渣和零碎的碰击声。乌利跑到过道上，还一个劲儿地叫我。他

① 布拉格的一个区。

可高兴外面有点什么事儿哩，因为坐在这屋里他觉得很紧张。他没想到我向他们提出的请求竟然不是帮我找个住处，而是要帮我找到继续活下去的勇气。如今院子里尘土飞扬，所有窗子都亮了。博士也跑了出来站在门框那儿，听着看着那些灰泥和碎石怎样从板棚屋顶上、从那堵高墙上往下掉。乌利指着敞开的窗子冲外面嚷嚷道："这就是我们这该死的住处！每个礼拜都这样掉灰泥，先是乒里乓啷往板棚上掉，然后再从棚板往院子里掉。在有一格板棚里还放着我们的一张折叠床，如今满床都是尘土。因为在这堵墙后面是一排大车间，有个研究所在里面测试轴力，有时还切割轴身。每当被切断的轴身往地上轰隆一声就会把我们的楼房震得直晃动……"乌利大着嗓门儿嚷嚷着。他是一个第一共和国时期的游商，在那个还有犹太人的批发、零售商的时候，他经常去咖啡店、去雄鹰体育协会。在他没有爱上莉莎这个德裔女子之前，他还跟城里的摩拉维亚人生活在一起。那时他便跟人家打赌说帝国准能赢，到时候他准能成为他朝思暮想的人、拥有奔驰车的大老板；如今他却在这里大喊大叫。我瞅了他一眼，顿时感到他很讨厌。因为莉莎本来是德国人，希特勒带着他的军队来到这里的时候，她还跟我妈妈去逛过维也纳；可是乌利，他的姓叫斯拉维克，是摩拉维亚人呀！他甚至既说不利落德语，也看不懂德文书，什么都得让莉莎翻译给他听。这位斯拉维克在捷克——摩拉维亚保护国时期[1]结的

---

① 1939—1945 年纳粹德国统治时期。

婚，他自然坚信德国会赢，他压根儿就没想到会是什么样的结局，直到如今他也没转过弯来，怎么也不愿承认他阴差阳错当了个雄鹰体协会会员，并仍旧是摩拉维亚人这一事实，就跟他过去做生意的那个时候不明白为什么除了其他人之外还有犹太人一样。

乌利关上了窗户，故意咳嗽了一声，然后在屋里继续发他的议论："只有博士一个人感到舒服。他只要听到哪儿出了什么事，便立即亲自到场。你看见他在院子里了吗？如今他会在院子里走来走去，捡起一块砖头或者一块灰泥板什么的。可是谁该住在这种鬼地方呀？虽然过一会儿泥瓦匠们就会来清理掉灰泥砖，可是过一个礼拜之后又会旧戏重演，先是吓死人的一声巨响，接着又会从墙壁上掉下一大堆灰泥块，弄得满屋顶满院子都是尘土，就像是博士预订好了似的。他倒是惬意，就像他举行的那些家庭聚会一样，把他的朋友请了来，胡吃海喝一直到躺倒在地上起不来。弄得他楼上的住户都害怕到地窖里去取牛奶取煤。真的，不敢去取牛奶去取煤。"

这时，我突然想到，乌利之所以老这么叨叨个没有完，仅仅是因为不让我有时间说出我其实连想都没有想过的请求来。可我现在倒是偏要说一说。我说："我现在处境很糟糕，我在布拉格实际上只是混着，连一个住处都没有租。"

莉莎拍了一下手说："什么？你根本就没登记个住处？"

乌利被我吓了一大跳，他不想接这个话题，他接着他前面那些话继续喊叫着：

“我们真没道理要落到这一步，住这种冷死人的楼房。冬天，我们必须穿过外廊去上厕所，那里冷得连桶里的水都能结成冰，我们的冲水器安在一个圆桶里。当然啰，博士的厕所也在室外，他也得到院子里去，可他还夸这个厕所。这里的一切他都喜欢。连这个建在室外的厕所他都赞赏！碧朴莎，你还没有见过我们这里下雨天是个什么样子哩！下雨的时候这儿就像堤坝决了口，整个院子都泡在水里，我们都没法去洗衣房，走路都得踩在一块块木板上。我们得用扫帚扫水，好像这房子是我们自己的。可是碧朴莎，我们只是住在这里，我们根本就没有住房证，几乎跟你一样。只有博士，他喜欢这里的一切。在他隔壁几间房里住满了画家、穷艺人，一个个都以为自己将来会是大艺术家。可是他们照样得从这里搬走，因为他们没有工作，连这儿的户口他们也报不上。”

莉莎叹了一口气，重又装成吓了一跳的样子说：“碧朴莎，我简直不敢再往下想。你要是没有报上长期户口，实际上你也就没法在布拉格就业啰！”

乌利跑进厨房，像冰球手绕过球门一样从柜子后面窜出来，继续嚷嚷道：“碧朴莎，说实话，我们在这里的居住权也已经过了期，快要作废了。只不过这座楼房的主人是我们的一个亲戚，一个姑姑。你完全可以相信，要是我们有长期居住权，有这套房子的房证，那我们也可以让你把户口报到这里，报到我们的户口里，那么，你也少了一份操心事。可是说句良心话，这套房子连我们的都不是，哪能还有你的份儿呢？这里要是赶上夏天刮大风的时候，整个院子简直像一部螺旋搅拌式的洗衣机。邻近四周的碎纸片、从科特拉斯卡山区吹来的树叶，统统被旋风刮到这里，再加上屋顶、墙壁上掉下的整块灰泥，弄得满楼道都是灰尘、沙子、碎纸片和树叶。只有博士他唯一的一个人在这里过得很惬意。他还经常到附近的扎麦切克宫堡那儿去转悠，每个礼拜五到那里看看有什么举行婚礼的通告没有。自己没有婚礼也邀请一大帮朋友到家里来办‘婚宴’，搞到个深更半夜，也就是大吃大喝热闹一通。不管刮风不刮风，院子里是不是尘土碎纸飞扬、满地污水，他们一概满不在乎，照样吃、照样喝。等风一停下来，这座院子就像一个垃圾筐，脏透了。邻居们甚至跑到我们这院子里来捡他们的内衣、尿布。这些破布烂衫都被刮到我们这个院子里，一堆一堆的死活出不去。真可怕！我好几次下班回来，刚走进院子过道，便碰上迎面吹来的一块尿布贴到我脸上，这块湿尿布不歪不斜正好封住我的嘴巴。我可真忍受不了小孩的湿尿布那股味儿！有时赶上夜里起风，就像上空有个集装箱往我们院子里倒东西，我们这儿就成了一个大垃圾箱。狂风在屋顶上呼啸，弄得你简直没法睡觉。等风声停了，对面博士那儿的朋友们又在大声喧哗，举办家宴。可就连这么一个住处，我们还没有房证。”

莉莎笑了笑说：“要是有房证，那你早就不会在这儿找到我们，那我们肯定跟人家换了房住到别处去了。住到哪儿都行就是别住这儿。跟你说句心里话，我们之所以住在这里，主要是为了不让姑姑的超额房子被没收掉。我们这是在为亲戚作牺牲，所以我们没有自己的房证。我们也不想要这房证……可是碧朴莎，我是当会计的，懂得这些规矩，你在这里没有长期居住权，却又去工作，我简直不敢往下想，你们班上的人对这怎么看怎么说?”

“他们说还能让我在那里待一个礼拜，但是我必须马上去申报长期户口。”我说了这些，当我看到我的朋友们的脸色煞白时，我的勇气更大了。我接着说：“所以我才来访问你们，所以我今天才到你们这里来。”

一片死寂。隔着楼板听得见一楼有人在大声打着哈欠，实际上不像打哈欠，而是一声发自人体内脏器官的又长又忧伤的号叫。

乌利装作要呕吐的样子……

过了一会儿接着说：“这是我们这座楼里的又一道风景。等到整个院子静下来，也没有人举办什么‘婚宴’时，那下面，便会有人因工作过于劳累，而且睡梦中这样号叫。我说，这座楼就是我们的冤孽。”

我露出了微笑。我似乎为我所听到他们讲的这些事而感到有点儿高兴。我清楚地知道，我的这两位朋友正经租住在这里，他们完全可以帮我将户口落在他们这里。可是他们被我吓着了，他们了解我的一切情况。总认为他们是体面人，而我却不在这些体面人之列。有人把我的一切情形都写信告诉了他们，我是来布拉格结婚的，可是没有结成，因为我的未婚夫跟着另一个女人跑掉了，把我一个人撂在他妈妈这里，于是我便和她住在一起。因为她也是临时租住在人家那里，所以没法让我在她那里落户。这位没有当成我婆婆的大妈在双猫饭店当会计，而我在巴黎饭店当出纳，这是我的这位大妈给我找的工作。我们两人下班回来时都累得全身无力，在日什科夫那座楼房里踏着楼梯一级级往上爬。我们都手扶栏杆，好不容易才爬上五楼，两人都周身尘土、满头大汗，累得上气不接下气，进到房间里便掀开被子，得在床沿呆呆坐上好半天才慢吞吞地脱下袜子。我们双双望着自己那双满是灰尘的脚，那双累得不成样子的脚，一声又一声地叹着气。等到我们有了点儿力气，才去打水洗脚，彼此瞧上一眼，不断地打哈欠。直到半夜我们还在号叫着大打哈欠，正如刚才楼下那位爱干净的浅黄头发的太太一样。博士说她是在金鹅饭店洗碗的……屋里一片静寂，地毯上有颗闪光的别针，我将它拾起，放到桌子上，准备站起身来。

我过去的这两位朋友扶了我一下，因为我已经有些站不起来了，恐怕跟情绪也有关系。直到这时我才注意到，这房子里的家具摆得很挤很挤，小桌与柜子之间只有一条窄窄的小道。我只好侧着身子从它们中间走过去，然后进到厨房，再走到装有玻璃窗的封闭式的外廊。那儿有扇门通到螺旋形的楼梯。我们开始告别，互相接吻，莉莎甚至还眼泪汪汪的。乌利和我握手时，劲使得连关节都响了。但是我已经看到，我再也不能像我如今这个模样到这里来了，我再也不能穿着这身衣服这双鞋子在这里出现了，甚至我再也不能在我获得长期居留权和有了固定职业之前到这里来了。我沿着旋转梯下了楼，过道的墙壁在半明半暗的灯光下闪闪发亮，原来是从墙壁里面冒出来的水珠。也许，这整个走廊都在从里往外地冒汗。我用指头触碰了一下墙壁，它又湿又凉，犹如快要死去的人的额头。我在拐弯的地方一回头，看到楼上门口探出来的两个脑袋，他们正从后面打量着我，两人的眼神都仿佛受了惊吓。他们冲我微笑着，但在笑容后面我看到，他们被我吓了一跳，恐怕要等我离开这栋房子他们才能松一口气。

我站到了我曾从这儿走进过道的这扇门边，这扇门通向那第二个小院。我抓住门把，用全身的力气使劲一拧，门开了。一块灰泥和砖头掉在我的眼前。

“别往那边走！”乌利从上面嚷道。

“没事儿！”我冲上面喊了一句，“我只想看看你们的小院是个什么样子，看看你们那个倒霉的院子。”

然后我站到了一堆碎石中间。二楼所有房间都亮着灯，博士房里的吊灯也亮着，透过那敞开的窗子，可以看见那株挂在烛台上的茂盛的大文竹。我小心翼翼、轻而又轻地迈着步。房里那块白色的桌布洁净而明亮，桌布上的小玻璃杯里插着几株石竹花，旁边摆着一罐啤酒。博士坐在炉灶前，两腿伸直，双手枕在脑后，两眼望着屋角落一个什么地方，就这样坐在他引以为骄傲的房子里，安安静静地一个人。

我悄悄地离开了这个地方，沿着灰泥块中的那一排板棚，一脚碰着了一块砖头，然后我便站到那六级台阶处了。往下走，就看到那位爱干净的金色头发的太太躺在沙发床上，头上夹满了卷发夹。她深深地叹了一口气，胸脯明显地起伏了一下。桌上那束被灯罩分成两半的假花在闪闪发光。突然，这位太太无缘无故地大声打了一个哈欠，这呻吟仿佛从她的手指头一直延伸到脚上……我悄悄走到院子的过道里，可爱的煤气路灯照在大门上方的小窗上，我摇晃了好几下，感觉到被湿墙蹭得一身潮乎乎的。我厌恶地走出大门，来到巷子里，这里却很美。我仔细瞅了瞅自己这一身，两只袖子活像被一把在石灰水桶里蘸湿的刷子涂抹过。令人快慰的煤气灯光迎面照射着我。小巷里空无一人，一直等我来到大街上我才舒心地吸了一口气。大街上满是行人，来往电车川流不息，一家家商店灯火辉煌，更有街心车站上令人感到舒适愉快的紫色灯光……

3

我总喜欢早一个钟头，有时甚至两个钟头到我工作的饭店去。日什科夫，我住着的那五层楼上有一股酸白菜味儿。艾玛，我那位大妈，自从她丈夫死了之后便没有心思收拾屋子，痛苦得也顾不上打扮自己，单是账房里这份工作就让她累得够呛。房间里，据她说过去摆满了鲜花，如今在放餐具的柜子里摆着她丈夫的骨灰盒。有时候我甚至觉得，整个这套房子，整个这栋楼就是一个大骨灰盒。所有过道上、房间里都灰尘遍布，而且潮乎乎的，连过道上那些灯泡发出来的光，也像万灵节那一天在奥尔沙尼墓地[①]上的烛光一样。而巴黎饭店却完全是另一个样子。从它的餐厅、咖啡厅、小客厅，以及通到楼上各个房间的走廊，到处都亮堂堂的，而且到处装饰着鲜花，就像一直到大战结束时我们家里那样。在饭店里一天到晚都开着灯，墙上装有烛台式的水晶玻璃灯，到处都布置得让你感觉像

① 布拉格市内的一处坟地。

一个宁静舒适的家。我就乐意在这饭店里待着，所以我有时早一两个钟头去上班。先是像客人一样坐在这里喝杯咖啡，吃一块带奶油的巴黎蛋糕，抽一支烟。餐厅服务员们招待我，对我微笑，因为他们知道得很清楚，过不了一会儿我就得坐到厨房的柜台后面去，忍受炎热、烟熏和刺鼻的煎炒味儿。厨师盛到服务员端着的盘子里的一切都得经过我，由我登记之后才端出厨房。我喜欢待在这饭店里。这里的走廊都铺着深红色的地毯，所有洗手间的墙壁都镶了瓷砖和饰有黄铜花边的镜子，临街的窗户开得很高，窗帘暗淡柔和，整个巴黎饭店显得高贵而华丽。

这里让我忘记一切烦恼，这饭店让我回忆起我家的别墅洋楼，还有我的爸爸。即使他已经去世，可我仍然爱他；他也喜欢我，爱给我买礼物。我爸爸很有绅士风度，是维也纳人常说的那种很会生活的人。他讲究衣着，拄着一根上面饰有金属色皮的手杖，他上午穿一件干净衬衫，晚上再换一件。

我很高兴待在这饭店里，我在这里环顾四周，每次都能从它墙上发现一点什么新东西。直到如今我才注意到，墙上的壁纸是米色的，上面饰有花边。我现在才注意到，这饭店的风格不喜欢房子空空荡荡的。墙上安着吊有响坠的水晶吊灯、大小镜子，中间装着一座巨型威尼斯水晶玻璃吊灯，像我们家饭厅里那座一样，我喜欢待在这个饭店里。上班前坐在这里，从内心里露出微笑，因为我爸爸，当他跟他的贸易伙伴谈生意时，不是住在萨克斯饭店，就是住在这个巴黎饭店。他的外国朋友们也住在这里，我爸或从他们那儿买进或向他们卖出木材与贵重胶合板。

从我访问过住在利本尼的莉莎的那时候起，我变得更忧伤了。既然我处在这样的底层，真不该到那里去露面，我不该像去教堂忏悔一样向他们讲一通自己的情况。正因为我让他们了解了我的底细，他们才吓坏了，只希望我尽快离开他们那里。我不该让他们看到我穿着破裙烂鞋，头发乱糟糟的。

如今我坐在巴黎饭店的餐厅里。在拐角的一间敞开着门的小客厅中正在举办婚宴，到处堆满了鲜花，一束婚礼花像暖洋洋的喷泉一样耸立在婚宴桌子的中央。参加婚礼的人个个喜笑颜开，新娘和新郎早已共用一个碟子一个勺子①喝过了汤。我来的时候，正赶上餐厅服务员领班马舍克先生在婚宴开始之前将两个碟子摔得粉碎，以祝福新人一生幸福。我坐在这里，兴致勃勃地看着我们的服务员怎样从厨房里出来，一个盘子托着十碟饭菜，又怎样后仰着身子，不托盘子的那只手朝后伸着，以保持托住盘子的那只手的平衡。我还看到镜子里映出来的好几倍地增加的婚宴席、宾客和服务员。我还要在这里坐上一会儿，再抽两支烟，然后到厨房里去上我的下午班，一直到晚上十一点钟。一直到夜里我都将坐在这个灶台和煤气炉上方安了个大通风顶棚的大厨房里，看着那些烧过头的油汁、熟肉、烤肉、烤鸡和煎牛排的香味不断地往上冒。这些现烧的肉菜也必

---

① 在捷克新娘新郎共用一碟一勺喝汤的习惯类似我们这里新娘新郎喝交杯酒。

须用猛火才能烧出它们的脆劲和香味来。我看到摆到餐盘上的只是一块煎干了水分的香喷喷的肉，再将汤倒在银制汤杯里，将鞑靼调味汁倒在银制长颈宽底杯里，一切按照顾客依菜谱挑选的上桌，这一切也都得经过我这个巴黎饭店的出纳会计登记才上桌。如今，用刻花黄铜装饰的活动门已经敞开，里面是台球室，我看到那些正在打台球的低着头、专心致志地注视着耀眼的绿色丝绒布上的一个个台球。灯光从上方射到暗色的镶金属边的盒子上，那些没在玩的顾客或拄着台球杆，或用白粉块在擦拭自己的球杆。

“我可以坐到您这儿来吗?”我抬起眼睛，看见一位顾客谦恭地站在我面前。

“您要在这里用餐吗?”我说。

“要用餐，不过这是以后的事儿。我想请您喝一杯。我太孤单了，我孤身一人在这儿……”客人说。看上去样子还蛮可爱的。我说：“我一会儿就得去干活儿，我是在这里上班的人，您明白我的意思吗?”

“我可以等您下班吗?”那客人还在坚持。

“这大概不可以。干完活我累得要死，满脚的灰尘，头发也满是厨房里的菜味。”

“对不起!”客人抱歉了一声便走开了。他竭力大模大样地走到他原来的座位上他的朋友们中间，使劲让人看不出他在我这儿碰了一鼻子灰。

相当招人喜欢的一个男人，这倒是事实，可我已经没有心思消遣了。我的的确确只有在家里的那个时期才快快活活地消遣过。当爸爸的房子常常高朋满座的时候，我也曾经是人们注意的中心。因为我那时正好十五岁，后来十六岁，甚至镜子和人们都对我说，我长得漂亮，连我爸也这么说。当我姐姐结婚时，帝国军队里最年轻的一位将军冯·诺登来为新郎当证婚人。参加婚礼的人中间有一半，甚至包括新郎官本人都穿军服，至今东柏林和德莱斯顿的军人还穿着的那种漂亮军服。那个时候我的确漂亮，身材也很好，因为我上过舞蹈班，还练过体操，我曾想当个像拉·雅娜那样的舞蹈演员。如今只剩下了一点点痕迹，即我随便往哪儿一站，都是准备起舞的姿势，右脚尖向外撇。我那时候是很漂亮，因为下午那位最年轻的将军带我在后花园荡秋千时，我的手紧紧抓住两边的绳子，他的手总要抓着我的手指送我往上摆。我来回荡的时候，我们俩总要对视一下，时间好像停留了一秒钟。我注意到他长得像白兰度①，我荡秋千那会儿觉得空气都在闪烁着火花。那时候，我不仅从我爸爸那里，而且也从将军本人那里听到说我很漂亮。这个晚上我们还跳了舞，我真是幸福得心花怒放。后来他上前线了。过了一段时间听人家说他遭到了游击队的枪击，后来在喀尔巴阡山脉一个什么地方被人打死了。我哥哥卡雷尔这时却从前线回来，是随野战医院回来的。他的下巴在基辅哪个地方

① 白兰度（Marlon Brando，1924—2004），美国戏剧和电影演员。主演《码头风云》《教父》均获奥斯卡金像奖。

受伤了，正赶上我过生日，我哥哥卡雷尔却包扎着脑袋从前线回来了。这个曾经在布拉格学工科，代表斯拉维亚队参加划船比赛和捷克朋友们去找捷克姑娘谈恋爱的卡雷尔，原本跟我们一家住在苏台德区①，因为是帝国公民②，不得不上前线，结果带着受了伤的下巴回来了。我过十六岁生日的那一天，屋里坐满了客人，乌利和莉莎也来了。卡雷尔对大家说，住在布拉格的那些日子是他一生中最幸福的时期。他不光是觉得，而是坚决认为，帝国准会输掉这场战争。我如今坐在巴黎饭店里，清晰地回忆起那一天。卡雷尔那次说对了。尽管妈妈和莉莎都扯着嗓子喊，说希特勒有秘密武器。我记得我当时看了一眼爸爸，他表情忧伤，什么也没说，但他已经知道，卡雷尔的话是对的。

我站起身来，环顾了一下巴黎饭店的餐厅，隔着窗帘，我看到街上的行人川流不息，犹如纷纷飘荡的雪花。我不用付钱，这点消费算是我们职工的福利。我的目光开始移到饰以石膏刻花的柱子上、大大小小的水晶玻璃吊灯上。我然后走出餐厅，经过走廊，进了厨房。我突然想起刚才在走廊上看到那扇敞着的小客厅的门，便又走了回去。我的手正扶着厨房的门把

---

① 苏台德区，在捷克境内北波希米亚和摩拉维亚的一部分。是第一次世界大战后作为特区并归捷克斯洛伐克的。居民以德国人为主，1938 年慕尼黑会议参加者屈服于希特勒，将苏台德区让给德国，苏台德的德国人也为德国吞并苏台德做了大量工作。第二次世界大战后，苏台德区被归还捷克斯洛伐克，但境内的大部分德国人被遣返德国。

② 因当时苏台德区已划给德国，所以当地居民都是德意志帝国的公民。

手，眼睛瞅着小客厅里面。参加婚宴的客人正举着盛满香槟的酒杯在祝酒，坐在镜子下方的新娘眯缝着眼睛在微笑，她头上戴着饰有桃金娘和白丝带的发箍，缎子婚礼服的领口开得很大，到了肩膀那儿，胸前一束红色的石竹花。我不禁有些吃惊，因为新娘长得有点像我。我本是为办婚事才到布拉格来的啊！我想象中我的婚礼也跟这位姑娘的一样，准备在巴黎饭店设宴。可是，我的那位爵士乐吉他手和歌手，我曾经为他洗过多少臭袜子脏内裤，熨过多少带色的衬衣和运动服啊！他让我到布拉格来，自己却和我从未觉察的另一个女人结婚去了。我虽然知道，我的这宝贝跟好些女人有交往，可没想到他却娶了这个女人。而我和我称之为大妈的他的妈妈却在为她的儿子、我的未婚夫而痛不欲生。他真不是个玩意儿，我完完全全被他涮了。

我放下门把手，关上了门，待在厨房里。这里热得我汗流浃背。炉灶旁站着两名年轻厨师，跟两个鬼似的龇着牙对着我笑，像杂技演员一样用平底锅来来回回抛着那两块煎肉，免得烧焦，还忽儿这忽儿那地抓些调料放到里面。十名帮厨分别站在各种厨用小机器旁边切菜绞肉，忙得连头都不抬一下，好让巴黎饭店的客人能吃饱吃好。上早班的厨房出纳艾娃下了工作台。她只穿一件白大褂，里面光戴了副胸罩。她让我看她热成个什么样子了，将胸罩一解，两个乳房像泡在水里的两条鱼。她刚哭过，满脸泪痕，化妆的颜色同泪水混在一起，因为她不仅爱抹口红，还爱画眉毛，甚至还粘着假睫毛来上班。她为丢了她那只心爱的猫而哭，比她的男朋友甩了她还要伤心。艾娃拿走了她的单据和账单。我便换上白大褂，插了一支小白粉笔在头发里，用夹子夹住。我和艾娃交接班时，互相碰了碰额头，闭上眼睛，就这么待了一会儿。然后她睁开眼睛深情地看了看我。她是我在这里最亲密的一位朋友，很知心。如今她抬起她那双美如秋菊的眼睛，朝她的更衣柜走去，我便坐到了她刚刚离开的工作台后面。这时，餐厅服务员们正端着托盘，等着我给他们开具账单，他们也是刚换上来接下午班的。领班马舍克先生右脚向后一挪，给我行了个宫廷式的鞠躬礼。他跟往常一样头发抹得油光光的，仿佛刚从洗澡间出来。他满脸笑容，因为他有位心爱的女儿，一个名叫汉娜的十四岁的小姑娘。马舍克先生每天早晨四点钟就开着车，带她到什瓦特尼采的冬运场去练花样滑冰。在所有这帮学生中数他的汉尼奇卡①最棒。马舍克的远大目标是要将女儿培养成共和国冠军，甚至欧洲冠军。他对我也挺好的。他耸耸肩膀，转过脸来看着我，意思是问我是不是有了永久居住证，好让我能在这里谋个稳定的职业。实际上是他在偷着让我在这里打黑工。我也耸了耸肩膀，自愧地微微一笑，意思是说八字还没有一撇哩！他挥了一下手，表示没法子，只好等一等，再等一等。餐厅服务员博列克一头黑发，中间分缝，他则既不喝酒，也不玩牌，甚至也不找女人，尽管他长得蛮帅的。他一门心思只惦着他的那条小

① 汉娜的爱称。

狗。聊天的时候，他总是三句话不离他的小狗如何如何，就像餐厅领班马舍克先生常常带着他的汉尼奇卡上这饭店来一样，博列克总是带着他的小狗来饭店上班。他干活的时候，小狗便在他两腿之间绕来绕去。到他们两人都下班时，各有各的目标，美好的目标，使他们高兴，让他们期盼而又伸手可触摸到的目标。而我只有我的那位大妈艾玛在日什科夫那个家里等着我。她给她的儿子去信说，由于他对我的不仁不义，她不要这个儿子了。我却求她写信告诉她的儿子，说我不生他的气，事情就该像现在这样。我现在一切都想清楚看清楚了。都怪我自己不会讨人喜欢，我甚至一点儿也不会生活，主要是我不会穿着打扮，实际上是我自己自愿当了灰姑娘。我让人家和自己都觉得我因没有了爸妈而难受。我爸妈死了，我便成了孤儿，我穿得破破烂烂，鞋也不擦。我洗个澡都觉得费劲，因为我已无所期盼，不像马舍克先生、服务员博列克他们那样有个什么盼头想头；也不像那两位年轻厨师，一个劲儿地看表，因为他们盼着下班，好解下围裙，摘下厨师那顶白帽子，跑到巴黎饭店外面走廊上，骑上摩托车就走。他们两个都在练车准备参加比赛。骑摩托是他们最高兴不过的事了。而我们的大厨巴乌曼先生，他最得意的是他在厨房里所干的这份活儿，诸如制定第二天的菜单啦，安排厨房人员的分工啦……实际上他是这里最幸福的一个。对于巴乌曼来说，当厨师是他的一切。厨房的所有声响、气味都使他觉得很舒服，连响声很大的洗碗机、洗土豆机、帮厨女工的大声喧哗以及过堂风都惹不起他的烦恼。大厨巴乌曼先生就是这么一个人，所有最地道的家乡小吃都由他亲自掌勺，像土豆汤啦、大饼啦、土豆面团啦、烤面包啦……我们大家闻过多少我们厨房的特色菜的调料香味啊！我们最爱吃的是那些最普通的农民菜，有时还有那些穷户人家吃的菜。大厨师傅什么都知道，什么都有主意。有一年春季航空节那天，我们运了一千一百公斤热香肠到鲁西尼机场去卖。我和艾娃穿着白大褂戴着白发带站在那里。可是天公不作美，我们摊位的帐篷顶上每隔半小时就积满了一洼水，连中午、下午都没停雨。虽然天气相当暖和，也没有人到机场来庆祝航空节。于是我们只好又把一千公斤香肠运回来，老板已将这笔账注销掉，等于白扔了这一千公斤香肠。可是大厨巴乌曼先生让服务员们去买了二十个装过咸鲱鱼的空桶来，洗干净，然后让厨房里所有的人去切洋葱。大家为切这一百公斤洋葱而泪流满面。大厨巴乌曼自己也一会儿都没歇着，他亲自将豆叶铺在洗干净的咸鱼桶底上，然后铺上一层香肠，再铺上洋葱圈，撒上胡椒粒儿混合调料，再让厨师们煮了一百公升的卤汁浇在这一千公斤香肠上，然后盖上盖子，放到冷藏室里。每次做土豆沙拉时都从这里取香肠。有一回大厨师傅拿个碟子装了一些香肠来尝尝味，还让其他人也品尝品尝。从此大家意见一致，不让再拿去做沙拉给客人吃，而要留着自己品尝，按成本收费，我们吃了不止一年。

这位大厨也很喜欢我。身材跟我爸一样。也是他将我安排到这里的，尽管我在布拉格没有长期户口。每当管人事的坚持要我报上长期户口才能在这里工作时，他便替我说话。这位大厨的体重也跟我爸爸的体重一样，有一百三十公斤。人家说他赶上休假，便跟全家一起从布拉格七区坐车到布拉格一区住三个礼拜，全家都住到巴黎饭店。老婆孩子出去遛街，大厨巴乌曼先生自己便待在厨房里干活，因为他无法想象自己离开我们的巴黎饭店能在别的地方待得住。听说巴乌曼先生原本是布朗台斯先生的徒弟。布朗台斯先生很严厉，有时还打职工耳光，因为他喜欢他们，希望他们把本事学到手的心切。至今巴乌曼先生还时不时包上一包吃的送到克拉诺维采布朗台斯先生新搬的住处去，算是我们的一点心意。因为去年布朗台斯先生一拍脑门子说，他曾发现骑士街的布拉格商场有个空着的冷冻箱位有人忘了退掉。那一次他在喀尔巴山区森林里猎到一头鹿，便亲自将这头鹿送到那冷冻箱里，说兴许那头鹿直到今天还冻在那里，肯定冻得跟西伯利亚猛犸象①一样梆梆硬。巴乌曼先生去打听了一下，说那里果然有家名叫“天堂”的国营企业继续在为这个冷冻箱位付租钱。于是巴乌曼先生便带着存货证明，从门卫那里拿到钥匙。他让我跟他一起坐供货车下到地窖这个冰冷的帝国。我们终于找到并打开了布朗台斯先生说的那个冷冻箱，里面放着一头冻得硬如岩石的鹿。巴乌曼先生用屠夫的普通锯、弓形锯都没能将它锯断，直到他从白铁铺那里借来一把锯铁用的锯子，我们才把这头鹿的腿和脖子锯下来。我

① 一种现已绝种的古象。

们把它拖出地下室，装到供货车上，将这头大如一头小牛的鹿运到了巴黎饭店，大家七嘴八舌说必须让那头鹿立即解冻，好让我们职工足足饱餐一顿。可是巴乌曼先生嚷嚷说：“你们还算得上厨师？要这样就糟了，得让这头鹿慢慢地慢慢地解冻，就像高山上化雪一样慢而又慢，放上两个月，就像乡下准备做熏肉那样先腌着。”

大厨巴乌曼先生就是这样一个人，他无比热爱巴黎饭店；服务员领班马舍克先生则是这样一个人，他酷爱着他的女儿，幸福得容光焕发；而博列克又是另一个样子，一心只想见到他的那条小狗……就连我们厨房里的那些女帮工，一个个也都有点什么想头盼头。她们有着自己的情人：建筑工、饭店里清理垃圾的勤杂工、锅炉工。找个什么样的汉子她们都乐意，只要有点儿喜欢她们就行。她们图的是有个人可等、可说说话。我经常碰上这样的情况：门一开，里面站着一条大汉，说得更确切些是一个邋遢汉子，女帮厨在切洋葱，手里拿着菜刀，脸涨得通红跑了出去，两人在门外走廊上嘀咕了几句什么，没多久，那汉子甚至还像古时候的胸甲骑兵一样吻了几下我们的帮厨女工。还有一次我跑到厨房外面，看到我们的一位女帮厨一只手拿着菜刀，另一只手捅到那邋遢汉的裤子里去摸他。唯独我没有任何男人，只有我的艾玛大妈在日什科夫的家里等着我。她最近开始责备我对她不知感恩，说她收留了我，我应该更多地报恩，说我作为她的干女儿，却很少听她的话。

整个厨房有好几个小时就像捂在炮筒子里一样。我根本就没法擦汗，只能用胳膊肘轻轻地抹一下。我们所有人就像二十名射击手在同时对着庙会上的二十个靶子射击，霎时间所有打靶机器都在动。

突然厨房门开了，衣帽间的女服务员跑了进来嚷道：“艾丽什卡，你有信！”

大家都望着那封信，我惊奇得差点儿没倒在柜台后。这是给我的信？

女服务员戴上眼镜，隆重地读了信封上的地址。地址没错，是寄到巴黎饭店来的。

信！令人欣慰的信！“艾丽什卡，谁给你来的信啊？谁啊？”餐厅服务员们在起哄，大厨巴乌曼先生也在起哄，大家都在起哄。我羞得满脸通红，因为谁都不大相信我竟然还能收到信。我在这里真的成了灰姑娘，一个被遗弃的女人。她并不是因为不漂亮，而是她自己宣布过她干什么都不行，是个倒霉精，把什么都看透了、对什么都不抱希望的人。等到大家都又开始干自己的活儿时，我拆开信，感到大失所望，原来是我姑姑从维也纳写来的。我读着这封信，开始觉得胆战心惊，到后来我却为自己这种惊吓而笑了。这封信使我的心豁然一亮，它给我指了路。“我亲爱的碧朴莎，从维也纳衷心地问候你。我听到关于你的一些坏消息。你要记住你是什么家庭出身的。你的姑姑，碧辛卡，尽管很穷，但总是穿得干干净净，打扮得优雅、大方。碧朴莎，要是你爸爸还活着，看见你这个样子，他会怎么说呢？他可能会说：‘你听我说，你要是自暴自弃在人家面前像团糟饭，人家就会把你当一团糟饭看待。’我说啊，小姑娘，你努把力让大家看到你像一个巴黎蛋糕吧！那么大家也就会像对待一个有奶油的巴黎蛋糕一样来对待你……你的姑姑从维也纳给你捎来一个吻。碧辛卡。”

4

有一天，我去了市中心，逛了逛街，绕着铁街、金融大街的橱窗转了转，可我只专心地看了鞋和服装。我迈步在市中心的街道上。啊，这是我曾经经常穿的那种鞋！一双红高跟鞋，一双像珊瑚一样红的鞋，就像我家花圃里常开的那种燃烧着爱情的小红花一样！我立即买了两双红高跟鞋，而且勇气倍增，马上又到焦街去试穿了一套意大利服装。我说："既然这套衣服这么合我的身，我就穿着不脱了。您帮我把那套旧的包起来吧！"于是我便穿着红高跟鞋和深蓝色的衣裙走上了大街。我边走边借着橱窗玻璃打量自己。我在第一个通道里便把装着旧衣服的提袋扔掉了。从通道口出来时，觉得自己像扔掉几个沙袋包袱。可是我知道这还不够，我还得有个像样的发型。

于是我便走进理发店，先洗了个头，让他们帮我把头发剪掉，像如今的女篮运动员、女排运动员和劳教所女犯的那种发式。当我离开理发店的镜子来到街上，我第一次看到我在别人的眼里已经开始有了一点儿巴黎奶油蛋糕的风味。因为我从来不知道怎么摆弄我那两只手，于是我到百货公司去买了一把最漂亮的雨伞，带有一个坚硬的人造胶木伞柄。于是我便迈着轻盈的步子走在大街上，就像我爸爸在世时带我出门步行的那副模样。尽管他那时的体重是一百三十公斤，但却步履文雅而富有弹性。如今我独自一人在漫步，我这个在结婚问题上打了败仗的人，如今自己战胜了自己。我还给自己买了口红、眉笔。从这一瞬间起，我已经不再在乎我有没有布拉格长期户口，我仿佛只是丢失了公民证而已。当我登上开往利本尼的电车后，我绝没像个胆小怕事的小女子畏缩地坐在角落里，而是跷着二郎腿，拄着锦葵蓝的伞柄，摇晃着穿红高跟鞋的脚。这个耀眼的红颜色，还有我这身崭新的意大利服装给了我力量。我抬起了眼睛，大大方方正视着周围的乘客。我甚至露出了微笑，向人们点头致意和回应人们的友好目光。街上和车站上的行人在我眼里一个个都既可爱又漂亮。在电车行驶中看到的每栋房子，在阳光照射下都光彩夺目。电车驶过几处儿童游乐场时，只见场上的孩子们像散落在四处的宝石。电车驶过利本尼桥时，我站起来，手扶窗子，瞧我看见什么了？布罗夫卡医院！这些坐落在山坡上的一栋栋房子使我想起画报上的几张西藏图片。布罗夫卡山坡上的这些楼房，就像有人掷下的一颗颗美丽闪光的骰子。电车转弯到了利本尼的赫拉夫尼街，我的脸微微红了。电车行驶中我连一家商店也不落地打量着每一个橱窗。我打算在剧院旁边、一拐弯就是堤坝巷的那个站下车。我驶进这条大街时，似乎觉得我在十六岁的时候驶过的布热茨拉瓦大街上。那时候，布热茨拉瓦大街就跟这条大街一样漂亮。我一路默念那一家家小饭馆的名字：世界自助餐馆、雄鹰饭馆、绿树餐厅、莉布舍饭馆、老啤酒桶饭店，然后便是叫花子酒家、查理四世酒家、城徽饭店、费尔克酒家，最后是铁匠铺饭馆。我就在这一站下了车，因为有一家小巧玲珑的糖果店让我百看不厌。糖果店的房子又矮又小很诱人。电车在这儿刚好有一站。后来我又上了车继续往前行驶。这条利本尼大街我总也看不够，但最使我激动的是名叫红圆顶的那几座小房子，几个透着火光的小车间和小工厂。这一切都淹没在一片灌木树林的绿荫之中。房子后面的小山坡上耸立着一座破旧的农家院落。我一边乘车往下走，一边看着自己这一身漂亮的打扮。我的新鞋新衣裙新雨伞仿佛都在散发着芳香，就像爸爸在复活节前的礼拜六总爱给我买的那套全新的装束一样。

电车再往前朝利本尼镇里开去。这个小镇让我感到它很像霍多宁镇。那是我一直住到十六岁的地方。这个利本尼实际上是一座乡间小镇，跟我现在住着的日什科夫区完全不一样。在这里，我坐着电车经过的这一带看到的是小公园、树林和罗基特卡小溪；而在日什科夫，所有的房子都是用石头造的，就连日什科夫区的那些街名都让我听了毛骨悚然：什么骨骼广场啦、托马士·什季特尼街啦、民兵街啦、长角兽街啦、犹太炉街啦……就像听到劳教所、兵营和监狱一样可怕。这些街道常常冒出一股鬃毛般的臭味来。让我惊讶不已的是这利本尼郊区竟然如此的美，这里的年轻妇女也穿得很漂亮。我不得不趴在窗口上，好让自己饱享眼福。我还看到在这条大街上的年轻妇女也穿有跟我一模一样的衣服鞋子。看得出，这条大街对这些妇女来说不仅是采购的好地方，而且是她们弄姿作态表现自己的好场所。她们甚至伸着指甲涂了颜色的纤手彼此触触碰碰、谈笑嬉闹，而且还总是有时间以男人的眼光来彼此评价对方。我对这一切，包括她们站立时的那种舞蹈演员基本姿势都给予了高度评价。这是我曾经经常摆过的姿势，如今我在电车上也是站的这个姿势。

我已经下车，站到了站台的阳光下，浏览着剧院的橱窗，然后是女时装店的橱窗，我不知不觉地在一个展示着婚礼服、婚礼帽及发饰的橱窗前停住了脚步，不禁脸红了。我环顾了一下四周，担心被人看见我这副样子。因为，我在不到三个月前曾被我的未婚夫打发到布拉格来准备和他的婚礼。而如今我见到的一切仿佛都在嘲笑我，对我做鬼脸。我那该死的，打发我来布拉格，说是让我来准备我俩的婚礼，结果让我在这里当个嫁不出去的老姑娘，他却安安稳稳跟别的女人结婚了，而且跑得老远。因为他知道得很清楚，把我惹急了，在我准备自杀之前会用菜刀把他杀死的，我会用把钝刀将他慢慢地锯死的。如今，在各人家里，在巴黎饭店，到处都在举行婚礼，橱窗里摆着的也净是婚礼服、婚礼帽、结婚用的发饰发冠……我脸红了，觉得仿佛摆在面前的这一切，都是有人给我设的圈套，跟残酷的侦探小说中的一样，真见鬼！

我拐弯到了堤坝巷，尽管我到这里来过两次，但我还是觉得在这条小巷子里很舒适很愉快。这条小巷在老远的地方就拐了弯。我缓慢地走在巷子里，在我的右边耸立着一座高楼，我一眼就看出这是一家生产工具或者其他跟木材有关的东西的小厂。我听到了圆锯和条锯的悦耳声音。我看到了直到五楼上的栅栏窗子。锯末和湿木料的香味一直飘到了车站上。我还看到院子里的工人在整理木框木架，将它们平放在栅栏窗里，以免弯曲。我还看到工人们将木条整齐地放在木板上，就像我爸爸从前的那个木材厂所做的一样。我爸爸曾跑遍全世界购买所有贵重木材，他去过喀尔巴阡山、安第斯山、阿尔卑斯山，甚至黎巴嫩山，随身只带着一本支票簿和一把小锤子，锤子的一端刻有爸爸的缩写姓名，爸爸用锤子的另一端敲打着任何一棵树干，只要一锤下去，被捶的树干便盖上了他的印章，这棵就算被他买下了。爸爸总是在两个月、有时三个月之后回到家里。每次回来都要给我带礼物、来吻我，因为他喜欢我。我之所以爱上堤坝巷这条小巷子，是因为我看到虽然这里并不生产贵重的胶合板，也不生产高档家具，而是那为免变形而摆得平平整整的门框窗框及木条木板，还有那锯木声，那木材香味……

我这样沉思着缓缓地迈步，珊瑚红的高跟鞋在蓝色裙子底下一左一右地朝前移动。我的雨伞有节奏地在一摆一晃的裙子前面挪动着，有人冲我喊道："今儿个下半日的天气真棒，不是吗？"

"您说什么，太太？"我吓了一跳。

"今儿个下半日天气真棒！"是二楼一位老妇在喊叫。她的眼睛斜得厉害。我之所以吓一跳是因为她说话跟我大妈一个样，管“下午”叫“下半日”。管“橡皮”叫“擦子”，管“阳台”叫“吊楼”，管“鞋油”叫“鞋膏”。从二楼上站着那位金黄头发的斜眼老太太那座楼的一楼里跑出两位小姑娘，两人想同时从门里挤出来，跑出来之后又喊又叫又哈哈大笑，笑得都咳嗽起来。她们彼此都想趴在对方的耳朵说个什么笑话或什么傻话，可是另一方又总怕耳朵痒痒。她们又喊又叫又笑又跺脚的，恐怕连尿都快笑出来了，闹得整个巷子都听见……我抬头一望，发现窗台上写了个标牌，油漆已有些剥落，但还认得清楚：“专卖刮脸用的小毛刷和理发用具”。这条小巷真是令人感到既亲切又愉快。最主要的是我独自一人在这儿漫步观赏，就像我十六岁的时候那样，边走着边盼望迎面出现点新鲜事儿。

一拐弯便到了另一条名叫鲁德米林纳的小巷。那儿有座围着篱笆的花园，曾经有家花园餐馆。有六棵老栗子树，靠墙根儿曾经还有个保龄球场，然后就是一座门牌上写着豪斯曼宅的楼房。那儿有堵矮墙，表面麻麻点点的，在阳光下闪闪发亮。哪儿也见不到一个人，当从小巷的另一头跑出一个年轻的茨冈人时，我的脸上顿时露出了笑容，他穿着一条绿色的女式连衣裙，将手里拿着的平底锅放在矮墙上的太阳底下，狼吞虎咽地吃起来。他一看见我便哭诉着：

“太太，我那一口子想要我们的女儿海莱卡马上去工作、去挣钱，可我跟海莱卡的想法一样，让她去学门理发的手艺。您说对不对，太太？”茨冈汉说罢对着平底锅哭了起来。

我停住脚步，拄着雨伞，两只小红鞋摆了个舞蹈演员的基本姿势。

茨冈人从这里看到了支持，他连忙跑到刚不久从里面翻越出来的窗口，用叉子指着我冲着窗子里面嚷道："喂，你听见吗？这位太太也赞同我们海莱卡去学理发！"可是还没等这茨冈男人转过神来，窗帘一拉，从窗子里跳出一个茨冈女人，看去比这茨冈男人要老得多，但实际上肯定比他年轻。我认识日什科夫区我们街上所有的茨冈人。这个茨冈女人给了她男人狠狠一拳。这个穿着绿衣裙的茨冈男人在我面前摔了个大跟斗。他留着八字须，仰面躺在地上，手里还举着吃饭的叉子在自卫。茨冈女人笑着对我说，她的丈夫罗约什没有一点儿用。我注意到他的门牙缺了一半。我从茨冈男人的腿上跨了过去，耸了耸肩膀，继续走我的路。今天我才懒得去管海莱卡是不是学得成理发，今儿个下半日天气好不好哩！我走过一个小广场，然后从远处便看到有好几层楼的米黄色房子前面的那盏煤油路灯了。在拉下的帘子下面，我看到了"长眠灯和骨灰盒"的招牌。然后我便站到那盏煤气路灯旁了。我红着脸，有点儿不知所措。他，那位博士正在想什么呢！他在不在家呢？当他知道我哪儿也不去，专门来找他，看看他在不在家、在干什么，他会怎么想呢？这一瞬间，我真恨不得立即往回跑，一口气跑到车站上，跳上开来的第一辆电车，只要立刻离开这座楼就好，我想逃得远远的。可是当我一迈步，便又看见我脚上的这双红鞋；又当我看到自己拄着的雨伞向前挪了一步时，我不禁感到有些害羞了。我重复了一下这动作……你必须，你必须鼓起勇气！我转过身来，一下推开了通进楼院的大门！我已站在没有阳光的阴影下，前面便是那潮湿的过道，过道直通到院子里。小院里洒满金灿灿的阳光，阳光照在布满爬山虎的院墙上。爬山虎的每片叶子都像抹了层油似的油光锃亮。而所有这些门框仿佛是一件件珍贵的画框，这所房子的院落看去真是美不胜收。我进了院子。不错，这个窗户里面住的是那位爱干净的太太。这儿是通向另一个小院的六级阶梯。我上了阶梯，来到了另一个小院，环顾一下四周，对，这就是那座两层楼的建筑，这就是那个可爱的窗户……

"你好！你好！下午好！"

一个男人的声音从板棚顶上传下来，外加打字机的声音。我一回头，只见博士坐在阳光下的一张矮凳子上，他面前的椅子上放着一架打字机，两个膝盖朝外撇着，专心致志地敲着一架小打字机键盘，从这里蹦出一个个字母。博士的指头不停地敲打，纸上的字句成行成串，一页满了，博士转动滚子，将打好的一页取出来，放成一沓，用块小石头压着，装上一张新纸，接着往下打……

"只把这一点儿写完，我便从我这块天地走下来找您！"博士快乐地嚷道，然后接着打字，还边打边唠叨说："我要是不把这点儿写完，就再也写不出来了。因为美丽的思想一敲门，我就得快，敞开心扉，让它进来。"

他继续在写。我望着这个男人。我听到了他打字，看到了他写作。那打字机的声音就像在我们饭店里将好多勺子扔进镀铬的洗涤机里一样悦耳。太阳直射到他身上，他头上的帽子拽得压住了眉毛，免得阳光耀眼。我穿着新衣裙站在小院里，倚着雨伞，将穿着红高跟鞋的右脚向前挪了一步。第一次看到有人用打字机擒住他的源源不断流淌着的思想，这可真是一件令人感到惬意的事儿。我看到那把放着小不点儿打字机的高椅子的腿被锯得恰到好处，正好与小板棚顶的坡度相协调。小板棚上方还有个又长又大的大板棚顶，它一直延伸到那间里面吊着一棵大文竹的房间。

如今博士已写作完毕，他取出打好字的纸，跟其他打好字的纸放在一起。他将帽子推到脑后，看了看我。我也抬起眼睛，看到他正在瞅我，看到他瞧了我的发型，看见他瞧见了我的漂亮衣服。我又抬起脚，让他看看我那双珊瑚红的高跟鞋。

我看到，他在欣喜地朝我看；我还看到，我在他眼里正是我想要他看到的那个样子。我就是要让大家，特别是他，我专门为之而来的他看到我想要他们看到的这个样子，跟我第一次来这儿完全不一样的模样儿，看到我跟那加了奶油的巴黎蛋糕一样。他看到了我，而且肯定地点了点头。我的脸唰的一下红了。我举起双手，转了一圈儿，像模特儿亮相一样，结果弄得头都有点儿晕了。

博士站直身子，将打好字的那些纸递给我，请我帮他放到一张小桌子上。这张小桌子就像我们在摩拉维亚放在城郊田边的那种小桌子一样。那是用来摆放耶稣受难像和插有芍药及野花的小花瓶，让路人祈祷丰收的。接着，博士将打字机递给了我。这机器特别小，那半边盖子一扣，键盘全扣在里面，像合上一本弥撒书那样。他注意到我在浏览他已经打印出来的字页。这是一种既没有“钩”也没有“撇”① 的二十世纪初出产的打字机，所以连博士打出来的这稿子也净是错。我说：“怎么可能呢？短短几分钟就把脑瓜子里想的打成了那么一篇文字！”博士从沿着阶梯倾斜的矮墙上跳下，站在我身旁向我解释他是怎样在这小院里写作的。他拿起那张小桌子，将它挨墙摆在通向莉莎楼上的门口，然后充满骄傲地对我说：

“只要外面有太阳，我就没法待在屋里写作，非得到外面去不可。上午在这儿写，到了下午，太阳挪了地方，您明白吗，那我和小桌子也跟着挪，一点钟的时候我就跟着太阳坐到这个地方了。”

他说着又将小桌子挪了几米远。

“我一直打字到太阳照到洗衣房的后面，晒到那块地方，才把小桌子搬到那里。我一直打到影子拉得很长，后来长得看不见影子脑袋，后来压根儿就没有太阳了我才收场。您猜得出来我曾经锯过几次这两把椅子的腿吗？您猜不出来！好多次哩！那把大椅子我第一次没锯好，坡度大得使那打字机可以一直溜到小院里；第二次又没锯好，打字机可以朝相反的方向滑

---

① 有些捷克文字母上面带“钩”（ˇ）和长撇（ˊ）。赫拉巴尔用的这部打字机是德国牌子的，所以不带钩、撇。

到我的前门襟。这把小椅子我也锯过两次，才让那把放打字机的椅子和我坐的那把小椅子不高不低正合适。”

后来如我所愿发生了一件事儿：楼房外廊的窗户开了。莉莎从里面探出头来扣窗门。她一看到我，先是大吃一惊，然后露出了笑容。我看得出来，她笑得很不自然，因为她被我这一身得体的衣着打扮镇住了。

“哎哟真漂亮！碧朴莎，给我瞧瞧，太漂亮了！”

她迫不及待地从窗口消失，然后我便听到了她的拖鞋声，在阶梯上啪哒啪哒直响。接着她在使劲开那扇过道门。可是因为门边掉满了从墙上剥落下来的灰泥，堵得好半天也开不开，莉莎只得用膝盖顶着，推了三次才推开。她跑到小院里，抬起我的手，让我原地转了一圈，像拨弄一个人体模型那样。她扯着嗓子喊叫着夸奖着，可我从她的声音里可以听出她在嫉妒我，不是嫉妒我的衣服、雨伞，而是因为我变了，不再求她，不再恳求谁的恩赐，而是自己帮助自己。

博士说了一声：“再到我这儿来坐坐，碧朴莎小姐，好吗?”

莉莎忙说：“到我这儿来喝杯咖啡吧，我们有好多话要说哩！”“莉莎，我先到博士这儿看看。”于是我端着打字机迈开了步子。莉莎转过身去。我听到她在我身后怒气冲冲地摔了好几下门，后来我又听到她气鼓鼓地关上窗户。

博士的房间紧挨着研究所的墙壁。从这座研究所经常传出隆隆声，锯子锯东西的尖锐刺耳之声和那震得博士的房间直晃悠的巨响。如同一个牙科巨人用他的器械拔出了一颗大如博士房间的臼齿。博士划了根火柴，不一会儿炉子便燃起了熊熊火焰。博士往炉子里添了些劈柴，还添了些从旧房子拆下来的厚木板。我站在那里欣赏着那株跟常青藤长在一块儿的美丽的大文竹。文竹往上长，而常青藤却往下一直伸到挡住了窗户的镜子那儿。板棚的斜屋顶划出一片角形的蓝天，跟我们国旗上的蓝色、大小差不多。沿着板棚边的一根铁丝先是朝上然后平行地爬着一根爬山虎，朝下垂着小枝叶和藤须。博士见我这样站着，吃惊地说：

"我的老天爷，您快坐下啊!"

他递给我一把椅子，我坐下，还一直拄着那雨伞。一条腿往膝上一搭，摇晃着珊瑚色的意大利皮鞋，这是我今天特地为自己将开始生活得像人见人爱的巴黎奶油蛋糕般而买的。我看到博士在观赏我的膝盖，他红脸了，用手掌抹了一下整个面孔。

他然后站起来，用手指头指着墙壁静听了片刻。墙后的响声越来越大。有架什么巨型机器提高了转速。机器的响声一停，隔壁楼和博士的房子被一声巨响震得发抖。仿佛矿井下的爆炸声，隔壁楼的这一声巨响震得空气中灰尘滚滚，炉子也被震动了，沿着墙壁通到烟囱口的烟筒也晃动了，外面墙上又掉下了一大块灰泥、几块砖头，院子尘土飞扬。斜屋顶上堆了灰泥块和小碎砖，还不时地往另一个小院里掉。

"这可真壮观!"我说。

"您看见啦！我有幸住在这样一座可爱的楼房里。"

有个女人摇摇晃晃地穿过院子，背上背着一捆用大苫布兜着的木板木条。她跨过那一大堆灰泥块儿，便转过身来，俯身解开苫布绫，那一大捆木柴便掉在她身后的地上。如今那年轻的茨冈女人直起腰来，她周身大汗在窗前理了理头发，取下发夹，用嘴咬着，就这样进了房间。

“先生这里有位太太啊！您好！”她鞠了一个躬说，“先生，给您送来一捆木柴，这是为报答您曾留我们在这里过夜的。可是……”

博士摸了一通口袋，然后打开柜子，又在大衣口袋、裤兜里找了一番，随即搓了搓手，红着脸说：“借给我二十克朗吧！”我打开小手提包，给了他两张十克朗的钞票。博士将它给了那茨冈女人。那茨冈女人向他鞠了一躬，从嘴上取出咬着的发夹，用湿手按着头发夹上夹子。

“喏，拿着吧！要是你那口子再揍你，你就带着小丫头出来。你知道，可以睡在什么地方，明白了吗？”

“是，先生真是个好人！”那茨冈女人说着，看了我一眼。她又重复了一遍。点了点头，“真的，先生是个好人。”说完便走出了房间。她从木柴下面抽出那块苫布，手拿着它拖在身后，跳着游牧民族特有的舞步穿过掉满了灰泥块儿的小院。

“不容易啊！”博士说，“她男人是个酒鬼，捷克人。有时他还打她，她便跑到我这里来睡觉，她的小女儿便睡在柜子抽屉里。您看见了，就有这么些事儿。不过我还是可以请您喝一杯咖啡，让咱们换一个话题好吗？”

博士说着笑了笑，摸摸自己的脸，仿佛在自己怜悯自己。

5

啊！乡下的宰猪节①多有意思啊！一切在院子里进行。把炉子搬出来，所有香味直冲蓝天。大锅里煮着猪头肉，然后摆到洗衣房的大案板上。门也开着，窗子也敞着，真可谓整个一头猪的香气、臭气熏天。可是在从前，宰猪节在布拉格也是一道风景。所有大小旅馆饭店都在一个月之前就向客人宣布某月某日要办宰猪宴。所有客人都兴高采烈，盼着那天能得到一碟新鲜可口的猪头肉，还有肝泥肠。连巴黎饭店的第一个宰猪宴也是这样。一大清早我们便在厨房里忙得满头大汗。两口大锅煮着猪头肉，猪肉味儿冒到天花板上，抽风机抽不完这些蒸汽，厨房自然渐渐地变成了一座潮湿的地狱。这蒸汽一直朝我冒来。我坐在工作台后，正在登记第一碟菜，上面有一小块猪头肉、一小块猪耳朵、一小块猪肝，一小勺辣根、一小勺芥末

---

① 捷克的“宰猪节”起源于农家宰猪庆丰收。到后来便普及到不管何时、何地、任何人都把自家宰猪请客吃饭叫宰猪节或宰猪宴了。

酱。我觉得我的汗在沿着额头两边太阳穴往下淌，连头发里、背上淌的也不是汗，而是宰猪宴的蒸汽凝成的汁儿。连端盘子的服务员们也在出汗，很快连他们的晚礼服也闪着油光。而这时饭店里的客人们正在欢天喜地一道菜一道菜地逐个儿享用这次宰猪宴。有些常住巴黎饭店的老顾客，甚至满意得给厨房里送来几杯皮尔森啤酒以表谢意。两名厨师将猪头肉切成小块儿，撒上调料，猪肉味和调料味混在一起沾满了他们的指头。帮厨女工们则在用猪肥肠做猪血碎肉肠，往煮着的大麦粒汤里浇上猪血，于是全厨房的人都像一个挨一个地在汤里泡过似的汤味十足。接着厨师们又在累得死去活来地灌猪肠，他们边灌边骂娘，因为往肠子里灌馅儿是个很累的活，他们从来没有这么累过。我们那两位年轻厨师简直累得不行了。外面天气很暖和，我们待在厨房里的人不仅内衣湿乎乎地贴在身上，连罩衣也贴在内衣上。肝香肠在大锅里咕嘟咕嘟煮着，我们彼此间没有好气地望着，咒骂着想出在旅馆办宰猪宴这个鬼点子的公司。

突然，一大把鲜花、一束玫瑰闯进厨房。当时我吓了一跳，因为这一大把是冲着我来的。突然那些玫瑰花儿乎挨着了地板，站在那里的不是别人，正是头戴礼帽、围着粗布围裙、撕破了衬衫的博士。满厨房的人像发现一个什么从排气塔上掉下来的妖怪一样地瞅着他。我愣得说不出话来，我的两只手也仿佛瘫痪了，倒不是因为我在这里见到这个从利本尼堤坝巷来的男人，而是因为我的脸上正淌着满是油汁和肉腻味儿的汗水。博士将那一大把花塞到我手里，于是我整个地被玫瑰花埋住了。“帮个忙！”博士请求我说，“收下这束花！我突然想到要让您高兴一番。”

愣在炉灶旁的厨师们重又开始干活儿。这儿突然冒出这么个男人，像童话《睡美人》中的魔术棍一样确实让他们傻了眼。如今他们在翻动大锅里的肝肠子和平底锅的血肠。他们吓了一跳，还以为这些肝肠烧糊了哩！博士看到他们的惊慌劲儿，连忙问：“可以让我看一下吗？”

大家瞅着他，但没法将这个大汉撵出去。于是这个戴着礼帽、围着粗布围裙的人让他们大开眼界。他走到大锅旁，抬起手说：“瞧，这些肝肠子已经浮上来了，说明已经煮熟。假如你用手指去搓捻肠子上的那根木扦子，如果它像我们上表链一样能够转得动，那就说明肠子熟了。”他还用手指头捻了一下有根肠子上的木扦，能转动，他乐了。

“快好了！要是肝肠子煮过了头，它的皮就会爆裂开，那就不好了。”

随后博士穿着他那双破皮鞋走到我跟前，垂下眼睛对我说：“明天是星期六，请您再到我们利本尼来，我们一块儿去游泳、晒太阳好吗？”

他站在那儿，脸也红了。年轻的厨师们正将肝肠装进一只大木桶里，冒出一股难忍的油腻味儿。油脂从天花板往下滴，四面墙上的蒸汽凝成的油汁都在往下淌。博士这时却喃喃地对我说：“昨天我有点儿喝过头了。我经常感到头昏脑涨，都是因为胆怯紧张引起的。现在我又是这种状况。我拿着这束花在巴黎饭店这儿转了五趟，我进来五次，又出去了五次。终于我下了决心，一直跑到了这里。”

他就这么站在我面前。餐厅服务员们端着配了辣根的肝肠的盘子在我面前排上队，我立即将一盘盘菜登记下来。有个厨师跑过来拽着博士那只撕破了的袖子说：

“猪血碎肉肠在什么情况下算熟了？小肚又是什么时候算熟了呢？”

博士从案板上抓起一根木扦，用菜刀将它削得更尖了些，跟着厨师走到平底锅那儿，锅里正分别煮着猪血碎肉肠和小肚。博士弯下身来，用扦扎进猪血碎肉肠里，对厨师说：“如果喷出来的是血，那就是说没有熟；可如果喷出来的是巧克力色的汁儿，那就熟了。”

他将木扦交给厨师，向所有的人鞠躬致意，红着脸抱歉说：“对不起！”

他跑出了厨房。我仍旧抱着那一大束玫瑰坐在原处，仍旧不好意思，因为我们这第一次猪肉宴的油汁在我的两个乳房之间淌着，渗透到了胸罩上，我感到我的汗水和着油汁儿在我的两条大腿之间流着，我还感觉到我的内裤粘在我的白大褂上。我还担心，要是我一站起来，那掺油的汗水就会渗到白大褂外面，我一抬屁股，椅子上就会有一摊汗水。这些我都感觉到了，而我还得一直抱着那一大把玫瑰花。

服务员博列克拿来一个大玻璃杯，将玫瑰花插在里面，放到我的工作台上，对我说："那位先生爱上您了，这一眼就能看出来。"

我的脸红得更厉害了。我觉得我要是抓起我的内裤，拽一下，然后再一松手放回去，它会啪的一声响粘到我的身上。我的脸红得更厉害了。这时，厨房门突然敞开，我们饭店的两位兴高采烈的常客站在那里大声嚷道："我们在布拉格还从来没吃到过这么棒的肝泥肠，我们为这样好的手艺干上一大杯皮尔森啤酒！"

厨房门重又关上。厨师们从锅里取出猪血碎肉肠。酒部师傅拿来好些个玻璃杯。大厨巴乌曼离开他那张桌子，将他油腻的手搁在我的手背上，微笑着说：

"好啦，艾丽什卡，我的好姑娘，我已经看到，你已经不需要去为长期户口奔忙了，你甚至能在我们这里长期就业，这我预先看到了。那块鹿背肉，我们一起拿来的那块鹿肉，到时候我拿它来做一道烤肉冷盘给你庆贺婚礼。我亲自去给你拿来，放到冰柜里冻着。"

他望着我，我点了点头，跟个中国小木偶似的，激动得流泪了。餐厅服务员们端着盛满辣根配刚出锅的猪血碎肉肠的盘子，排着队在等着我登记划账。他们好不耐烦，因为一心只想端着盘子赶快到餐厅去透透新鲜空气。

大厨用餐巾擦了一下脸，又跑回他自己的操作台那边去了，因为已经到了他来切他那些特色菜的时候。他可不爱管这猪肉宴，他很讨厌将这种家常菜猪肉宴弄到这个名牌大饭店来办。

这天夜里我回家较晚，因为饭店管委会认为，我们在办完他们想出来的这个猪肉宴之后，有权利痛痛快快洗个澡，厨房职工谁家里没有洗澡间的可以挨个儿到一间空着的客房里去洗个澡。当我跨进洗澡间，打上肥皂用热水搓洗时，那脏劲儿简直吓死人，等我跨出澡盆，只见澡盆底上浮着一层油。我灵机一动，等澡盆里的脏水漏完之后，我又洗了两遍。我看着这澡盆，想起我们这些人，不仅仅是我，全厨房的人都被那猪肉味熏得吃不下东西，只得一个劲地喝啤酒，免得呕吐……于是我便带着那一大束玫瑰花回家了。因为刚洗完澡，我的头发还是湿的。艾玛，我那位大妈，本可以不等我一同吃晚饭的。可是她偏要等着，宁可再热一次汤。那牛里脊肉汤是她从工作的双猫旅馆带回来的。她等我只是为了能坐下来，用责备的目光来看着我怎样将玫瑰插进花瓶里。我也在等着，看艾玛什么时候开始数落我，唠叨说我该如何如何更知恩报德。我又重新整理了一下玫瑰花，美滋滋地观赏了一番，心里充满了幸福。艾玛气得将碟子摆到桌上，也不问我饿不饿、准不准备吃饭。她往碟子里搁了几块馒头片，浇上点牛里脊肉汁，加上一片肉，坐下来便吃开了。

“你在哪儿耽搁这么久？我都热过两次饭菜了。”

“大妈，今天我不吃晚饭，吃不下。”

“什么？唉，艾丽什卡你怎么啦？难道还要我热一次饭？民族委员会的人来过这里。我什么时候去给你报户口啊？你在这里是黑户口，你从你最后的住处搬来时，既没有那里的注销户口的证明，也没有转户口的介绍信。那边给你来信说你大概得回到你原来居住过和工作过的地方去，因为我也无法给你报上长期户口，因为我自己也是黑户口，住在二房东租的房子里。你浪费那么多钱去买鞋子和衣服，如今你又晚回来，还带着一束玫瑰……”我说：“大妈，您自己也知道，我曾经不愿再打扮自己。可是，大妈，我现在已经缓过劲儿来了，我还想再在这个世界上活下去，就算我那几年是生了一场病吧。”

“那好，艾丽什卡，你知道我有什么主意？明天咱们一块儿坐游艇去，你看怎么样？”

“可是大妈，这不行。我已经答应了一个人说明天跟他去游泳。”

“这恐怕不行吧，你不是刚要准备结婚的人吗？你这么快就跟他告吹了？”大妈大声喊叫着。她气鼓鼓地站起来将她的碟子送到洗碗池里，将我的装着变凉了的馒头片的碟子放到玫瑰花下。牛里脊肉汤冒到玫瑰花上的热气使我十分恼怒，起身的时候狠狠地碰了一下椅子，然后推开那碟子说：“刚要准备结什么婚？我那个骗人的未婚夫跟着别的女人跑掉了。你自己清楚，他把我伤害得我都不想活了，不想留在这个世界上了！”

大妈将下巴顶在交叉摆在桌子上的指头上说：“他虽然从你身边跑掉了，可是你会看到的，他一个月之内就会回来，我了解他的脾气。你会看到的，他会回到我们这儿来的……”

我坐到床上，然后盖上被子躺下了。我的两条腿很疼。我望着天花板，重复着大妈说的话："他会回到我们这儿来的。什么叫我们啊?""喏，他不是你的未婚夫、我的儿子吗?"

"可是大妈，我已经不愿意他回到我们这儿来了。""为什么?""回到我们身边？他只管回来，我没意见。可是让他回到您身边吧！可永远也别回到我身边来!"

大妈打开抽屉，拿出一封信来，俯身对着我，弄得信纸沙沙直响，高兴地说："这是他写来的信。信上说，他想念你，问你是不是能原谅他。白纸上写着黑字哩!"

"大妈，我对这个已经没有兴趣了。"

"难道你不想读一遍这封信?"

"大妈，我已经被您的宝贝儿子，我的视如珍宝的未婚夫伤透了心。一切都已经晚了。"我从被窝里钻出来，两条腿疼得我呻吟了一声，可我还是说了：

"大妈，我知道，我曾经爱过您的这位伊尔卡，我知道他的吉他弹得非常好，吉他是他心爱的乐器。伊尔卡还有一把电动班卓琴①，一件闪银光的蓝色晚礼服，一头漂亮的鬈发，可这对我来说又有什么用呢？我曾经成了他的女用人，洗衣妇，他就得是老爷，就得衣冠楚楚，而我成天在家里替他洗衣，老等着他。他有时在那些女人那里要鬼混一两天才回来，可就是因为我爱他，我总是宽恕他。有时我到他演出的公司去找他，

---

① 黑人常弹的一种类似吉他的黑色弦乐器。

那里总是坐着他的两个浓妆艳抹的小妖精。他看她们的那种眼神，仿佛她们是他的缪斯女神，而他就像是为她们而演奏的。她们给他拿来白兰地，而我却老是坐在那儿喝汽水。等他们的乐队演奏完毕，这两个伴女也该离开他了吧？没的事！台下一鼓掌，他便一个劲儿地谢幕。我还老得坐在一个角落里呷汽水。后来我只好回家，他跟这些娘儿们又到另一家企业演出去了，因为那儿给他们付钱。可是他回来的时候常常身无分文。第二天还得由我给他钱花。”

“你怎么可以这么说话？”大妈把她的耳朵捂了起来。

“我该怎么说话?！我在维也纳的那位姑姑，我爸爸的妹妹给我来信，要我别忘了自己出身于什么家庭，别让人觉得我像一团糟糠，让我打扮得跟一个巴黎蛋糕一样可爱。我姑姑的这封信使我振作起来，自立起来。而这是您的儿子给您写的信……”

大妈嚷嚷起来：“他给我们写些什么，你读读吧！亲爱的妈妈和艾丽什卡！……”她抖动着信纸，用手指着字母给我看。可我转过脸去说：

“爸爸啊！你要是不死，准会要用棍子揍我；你要是看见我现在这副任人摆弄的样子，你绝不会饶恕我的。我为什么会这样！只是因为爱，只因为我爱上了伊尔卡……我即使失去了一切，我仍然是那个住过有十三间卧室的房子和拥有外汇购货券的姑娘。我爸爸曾经有过保镖和司机，妈妈有过两名用人，我爸爸在木材胶合板界是中欧之王。他不仅是布尔诺的，而且也是维也纳、布达佩斯和利沃夫的董事会成员，我们还拥有过一个工厂……”

“有过有过，可是艾丽什卡，德国人打了败仗，所以你们失去了一切。连你们也打输了这一仗呀!”我那位大妈几乎在喊叫着。

“我什么败仗也没打！我当时能怎么办？战争结束时我才十六岁，我什么败仗也没打过，可是仿佛我打过什么仗似的。退一万步说，即使我打过仗，失去了一切，可是我的尊严应该留下。可我曾经几乎把它忘了，如今我又找到了它。”

我站起身来，整理了一下玫瑰……

6

我走进了堤坝街的那所房子。过道上的湿墙壁散发出一股沤味儿。我打了一个冷战。可是等我穿过这条阴凉的过道，院子那儿却满是阳光。那位爱干净的太太坐在她家窗下的阳光里，院子地面上的石板干净得闪闪发亮，石板缝间的一道道积水也在闪烁光芒。那位爱干净的太太穿着锦葵花短裤和戴着一副胸罩坐在椅子上，膝上放着一本《星期六见!》，她那肉嘟嘟的背正对着太阳。

“博士在家。”她说罢用手指在鼻梁上捅了一下眼镜架。

“谢谢!”我连忙回答了一声，没作任何掩饰。我还瞅了一眼她的房间：阳光照耀着她摆放在屋里的假花，安在窗子下方的床铺弄得整整齐齐，上面摆着毛茸茸的小熊、洋娃娃和绣花巾。我来到小院的阳光下面，只见我曾经给过二十克朗的那个茨冈女人坐在那儿的一把椅子上抽烟。博士弯着腰，在她旁边的碗池用一团细铁丝在清洁锅底。这是最后一个平底锅。其他碟子、小锅都底朝天扣着放在抽打地毯的架子上晒太阳，还滴滴答答流点儿水出来。博士继续使劲擦他的锅底。

“您好！我来啦！”我说。

“您好！太太！”茨冈女人吐了一口烟说。将一条腿搭在脏兮兮的彩色裙子上。

“您好！”博士说。他没有抬眼看我，继续使劲用细铁丝蹭他的锅。

我穿着那身从时装店买来的水洗布新衣裙站在院子里。这身衣裙用的是本色粗布料子，上面不是钉的纽扣而是几块绿色的小方块。我一只手拄着玫瑰红阳伞，另一只手提着装有游泳衣、一小包夹肉面包的网兜。博士继续擦他的平底锅，还边干边发牢骚说：“真费劲！我的头都涨了，大得跟长了四年的老白菜帮子似的。”

然后他直起腰来，他瞧我的时候，我看得出来他很累。我还看出他昨天可没少喝，有两个黑眼圈。他的手在发抖，他手里的锅也抖得发响。随后他放下手中的锅，走进厨房，走进他的小房间，给我搬来一把椅子，让我坐到太阳底下。茨冈女人用她那女低音继续讲述着在我到来之前她给博士讲的事儿：“对，先生，茨冈人的婚礼就是这样的。到结束的时候，新郎新娘跪到屋子中间，参加婚礼的人手里拿着开了盖的葡萄酒瓶，唱着婚礼歌，演奏着茨冈音乐，将葡萄酒慢慢地倒到跪着的新郎新娘身上。地上淌着红葡萄酒，新人的衣服上也流着红葡萄酒。是这样，先生，茨冈人结婚的时候就是这样的。”

我看着这个茨冈女人，她为她所讲述的这些风俗而感到骄傲，讲得有板有眼的。我看到，博士之所以没完没了地擦那口平底锅的锅底，是为了赢得时间让那股酒后的迷糊劲儿完全过去。十点半了，这正是酒后头疼最厉害的时候。他的头真的很疼，就像他自己说的，涨得像长了四年的老白菜帮子一样大。

茨冈女人还在用她沉重的嗓音继续讲述着：

“我还看见过，我发誓，我真的看见过我们的头人在索科洛瓦的葬礼。茨冈人从老远的地方，从维也纳、布达佩斯，从斯洛伐克和摩拉维亚赶来奔丧。他们把所有的桌子拼在一起，在一个破旧庄园里的一间大厅里，把所有的桌子拼在一起，把我们头人的尸体放在首席。我们一块儿唱茨冈哀歌，喝烧酒。每个人喝酒时都往死者嘴里倒一大杯酒，然后又接着唱歌，一直喝到天黑。死了的头人于是从每个人那里得到一大杯酒。整个一夜、第二天都有奔丧的客人轮流为死去的头人守灵。第二天、第三天也都是这样，每人一杯，给死了的这头人灌酒，直到头人灌满了酒……真是这样，然后才把他埋进坟里。”

茨冈女人就这么讲述着，表情严肃，眼睛盯着一个固定的地方，她所讲述的一切，仿佛是照着一个什么念出来的。突然，她显得那么美丽，长极了的睫毛一动不动地往回凝视着索科洛瓦的破旧庄园，那个茨冈人隆重地与他们死去的头人告别的地方。

博士仍在仔细再仔细地擦着他的平底锅，我在片刻前还想转身走掉，如今坐在太阳底下，一条腿搭在膝盖上，拄着阳伞，将装有维也纳炸猪排和面包以及白色游泳衣的蓝网兜从太阳晒着的地方移到阴影下。在这一瞬间博士看了我一眼，感激地对我一笑，体谅到我能想到不让太阳晒着我的野餐食品。他一下从这酒后晕眩中摆脱出来，重又将平底锅浸到已经有点儿温吞的水里，然后又刷了一遍。他一瞅锅底粘着一小块棕红色的碎肉，他那卷起的袖子掉了下来，几乎浸到脏水里。我放下阳伞，走到博士跟前。他伸着手，我将他的袖子卷上，我触着了他的胳膊。我在给他卷袖子的当间儿第一次地碰着了他胳膊上的肌肉，我用心地帮他卷着袖子，两手弄得油油的。

茨冈女人继续望着远处哪个地方，抽着烟，讲述她所见到的事情：

"先生，等到万灵节那天，我带您到我们头人们的坟地去，在奥尔沙尼坟场，来自各地区的茨冈人又聚会到那里，坐的坐，蹲的蹲，一待就是两天，唱着我们那些哀歌。每个来上坟的茨冈人总要带些供品来……于是万灵节的第一个晚上每个坟头都摆满了鲜花，那些花瓶里总共有上千朵石竹花，有好几十个装着供品的篮子，扔在那里的一百克朗一张的钱币，还有五百克朗的，真的，还有五百克朗一张的。头人的坟头漂亮得跟'源泉'大商场的糕点部橱窗一样，那里还有匈牙利香肠和维也纳巧克力哩……我为了省钱，只给我们的头人买了一个小小的礼品篮。如今我待在这院子里，因为我的捷克老公把我攒的那点儿钱都喝酒喝光了。我只好来请这位先生把昨天的那口平底锅给我，再给我一点儿荤油。"茨冈女人突然没再继续说，因为我站在洗碗池旁，眼睛没看到这茨冈人，而是瞭望着奥尔沙尼坟场的那个方向，那里有两座茨冈头人的坟墓摆满了礼品篮，成千朵石竹花和许多钞票的坟墓。

博士也这样站在那里发愣，他手里仍旧拿着那口锅，跟我一样，被那个年轻的茨冈女人的讲述吸引住了。她看到这情形后，思绪猛然回到这个小院，想起她来这里的本意。如今她站起身来，艰难地从椅子上站起身来。她穿着一双破了的白球鞋，两条脏腿晒得黑黑的。当她发现我在瞅她的腿，她耸了耸肩膀，笑了笑。我看到她被打掉了好几颗牙。她说："他还打我哩，瞧！"她边说边用指头将假牙床取了出来给我看，留在她嘴里的那些真牙已经变黑了。下面哪个地方，只听得水龙头往桶里灌水的声音，挪动椅子的喀喀声。等到那灌水声渐渐升高到水桶边上了，又听得将水龙头的水往另一只空桶里灌的声音，然后是又长又重的泼水声，稻秆儿扫帚扫地的声音。那位爱干净的太太又在往她窗下的走廊和石板地面上泼水，又在唠叨了："我可是个爱干净的人，我忍受不了这脏！"

"劳驾，"博士说，"碧朴莎小姐，那儿的窗台上有个大平底锅，锅旁有半盘油脂，您去把它拿来吧！因为我本来也想扔掉这只锅了，炖牛肉时烤坏了。该死的！我的头疼得厉害，像四年的老白菜帮子一样涨！"

我从被上午的太阳晒得很热的地方走到阴凉的地方，走进门里。炉子里没生火，我冷得打了个寒战。我拿起平底锅和油脂尽快跑回到院子里。等我一跨过那有阴影的地方，走到太阳底下才缓过劲来。“您那里面可够凉快的!”我说。

“可不是吗?”博士说,“我屋里在七月和八月最需要生暖气。我说的什么呀!其实几乎全年都得生火。”

茨冈女人伸出手来,我将锅耳递到她手上,我们的手指彼此相触,我们的眼睛彼此望着对方笑了笑。我看得出来,这茨冈女人喜欢博士;我看出来了,他们在一块儿睡过觉,常在一块儿睡觉。可是这茨冈女人对博士的喜欢不同一般,在她需要的时候,她知道该怎么办,首先是得有个可睡觉的地方;如今我又看到,她该到哪儿去找吃的,到哪儿去找能给她钱的人,当她没有烟抽和没有钱来养她那常常睡在博士的柜子抽屉里的小女儿的时候……

那茨冈女人走得离我们这院子越来越远了。我从拴在旧水泵和洗衣房梁上的绳子上扯下一块抹布。下面院子里又响起了那位爱干净的太太的喊叫声,她冲茨冈女人嚷嚷说:“把你的脏爪子拿开!你这黑皮多嘴婆闪开点!”

随后又只听得水桶泼水的声音,水溅到球鞋上的声音以及茨冈女人从鞋里倒出水来的声音。那茨冈女人狠狠地骂了几句茨冈话,她的骂声震得潮湿的走廊嗡嗡地响。我仍蹲着在擦拭碟子,并将它们一个个摞到一起。博士走进他的小房间里,拽出一块潮湿的地毯来放到太阳底下,搭到专挂地毯(以便拍打)的桁架上,然后拿起那只我第一次来到这里就曾见他用来刷地的板刷,蘸上水来刷地毯。还把我叫来说:“这可能吗?您说说看,这可能吗,博乌迪给我干了这么件畜生才干得出来的事。您说说看，要是您跟我一样招待了他，整个下午我们都喝着啤酒，后来又到瓦什尼达那儿去喝一通，还带了两小桶回家来开家宴，小姐，要是您半夜醒来，听到哪儿淌水，您会怎么说？我琢磨着，这是咋回事儿呢？我还糊里糊涂地以为是自来水管子在流水呢！可是等我把灯一打开，吓了一大跳，只见博乌迪坐在我的床沿上，冲着这块地毯撒尿。请问您，对这位翻译了莫根施泰恩①作品的诗人，要是您看到这情况，您大概会说什么？”我站起身来，举起擦干了的碟子和刀叉说：“我恐怕会对他说：‘我要宰了你！’”

“您瞧！”博士说着，挥动了一下拿着锅子的手说，“您可能这么说，因为您有个温和的好脾气。可我像个囚犯，我的脾气像释放出来的犯人，我没说要宰了他。宰掉诗人这是犯罪，可是我说：‘听着，博乌吉切克②，以牙还牙，以眼还眼！’我于是解开裤子，往他的鞋子里撒了泡尿。因为博乌迪总为他那双鞋而感到得意、骄傲。不过话又说回来，小姐，昨天晚上我们过得可真痛快！在鲁德米纳街有人在办家宴，我们便说，我们也回去来个家庭聚会。矮个子舞台布景工巴夏来了。跟他在一块儿我们总有说不完的话，一块儿喝酒是连接我们的纽带。有一回我们不仅把工资喝光了，连积蓄也喝光了。我们害怕出门，因为我们到处欠着账，我至今还欠着房东的几乎半年的房

---

① 莫根施泰恩（Christian Morganstern，1871—1914），德国诗人、幽默作家，他的作品包括神秘诗、个人抒情诗、胡闹诗等多种类型。

② 博乌迪的昵称。

租。我和巴夏于是一咬牙，给自己订了个君子协定：在下一个春季的头一天，我们一道到斯卡尔去戒酒治病，后来又放弃了这计划。那天来这儿的还有夏里，舞台布景师，特普利采人；还有涅麦茨，苏台德区的一位布尔什维克，他对剧院的关心胜过对他的家庭，因此，他那位在阿尔汉布拉[1]当舞蹈演员的妻子离他而去，连孩子也带走了。我们还把瓦尼什达酒家的一位常客、新郎官带来了一会儿，因为博乌迪死活不相信这新郎官的伤疤脸蛋跟一只没有织好的袜子似的……他来看看我们，博乌迪乐得直大声叫嚷，举起双手，用拳头捶打墙壁，然后跑到院子里，正赶上楼上的斯拉维切克太太摸黑端着牛奶下来，他一头撞在她怀里，牛奶淋得她一身湿。博乌迪还对她嚷嚷说：'你这老家伙不能留点儿神吗？你没看见伟大的捷克诗人在这院子里跳舞啊？'那个新郎官在他还是个小男孩的时候，总爱往树皮上刻个船什么的，正当他美滋滋地看着他的船已经刻得不错时，飞来一群黄蜂，这个瓦尼切克——新郎官叫这个名字，拼命地挥动着他那把小刀，想让黄蜂少蜇他一点儿，可他笨手笨脚把小刀划拉到脸上去了，横的竖的划拉了十来下，脸上留下些小伤疤，就像挤了汁儿的柠檬那样……不过，这位瓦尼切克却是利本尼的一位风流小伙子，人们叫他伊尔卡[2]，一说伊尔卡，马上就能联想起他的样子：一个爱时髦的小伙子，

---

① 在美国境内。

② 瓦尼切克的昵称。

衬衫总是干干净净，漂亮的领带，上装，各式各样的毛衣，喏，这就是伊尔卡！还总穿新鞋，高跟儿，连鞋带也很讲究，总而言之，一个总是入不敷出的年轻人。小妞们总爱追求这个伊尔卡，就像母鸡……”博士突然打住，继续用他那黄刷子洗刷地毯。他突然停下来，一摸后脑勺儿，高兴地说：

“我的头疼病没了！已经只像两年陈的洋白菜了。”

博士这间住房的楼上外廊上有人在怒气冲天地开始关窗户，有人在自言自语骂骂咧咧，随后开了门，从里面走出一位太太，后面跟着两个孩子，全都穿得漂漂亮亮的。那位太太没好气地锁上门，三双皮鞋吧嗒吧嗒走到楼梯口，关住旋转楼梯口的铁门被一把推开，那位太太又抓住铁栏杆门狠狠一碰把它关上，震得全楼都晃动了一下。然后推着两个小孩快走。那小女孩的头发还没干，用湿梳子梳得溜光，小男孩的头发也整整齐齐梳了一条缝，他有着一对惊恐的眼睛。他们都冲着博士微微一笑，而走在他们后面的母亲却怒容满面。这两个孩子想向博士问个好，可那位太太却狠狠抓住他们的肩膀，她的指甲逼得他们不敢鞠躬了。于是三双皮鞋便吧嗒吧嗒下了楼梯，那位太太嚷道：

“贝朗诺娃太太，现在可闹得不成样子啦！这已经不是什么住家楼房，而像个下等酒馆！您今天睡觉了吗？”

“没睡呀！”爱干净的贝朗诺娃太太说，“可又该怎么样呢？”

“敞着窗子，楼底下的醉鬼们像狒狒一样狂呼乱叫，我们能睡得着吗？他们一直那么闹，也不嫌累？真是些疯子！”

贝朗诺娃太太劝慰她说：“疯子，倒也是；可累？我觉得累，您觉得累，只有喝醉了的人不觉得累，因为他们玩得开心啊！”

我这么听着，为博士而担心得怦怦心跳。只见他脸色苍白，摸摸自己的头，自我安慰地说：“我要是个有独特个性的人，那我恐怕得去卧轨，或者去跳伏尔塔瓦河。可我是个没个性的人，有什么办法？我们就得这样活下去……”

我这么听着，心怦怦跳，可这一回却不是为博士而心跳，而是在我眼前浮现了我那位宝贝。他也叫伊尔卡，还有个爱称叫伊希切克。我这个伊尔卡，跟博士刚才谈到的那个伊尔卡像从一个模子刻出来的。博士根本没想到这一点。博士描述的那个昨天来过这里、住在鲁德米纳街的伊尔卡，就像我以前那个宝贝，喜欢穿干净衬衫，喜欢打漂亮领带，总穿双新皮鞋，而且还是高跟的。这个伊尔卡也同样总是入不敷出。我这个伊希切克，这个大妈的宝贝儿子，他竟然跟那个喝光了我满塘泪水的女人跑掉了，他把我打发到布拉格来让我和他妈妈准备我们的婚礼，可他现如今却在维也纳一个什么地方，跟另一个女人在寻欢作乐……

“您知道，”博士接着说，“年轻、欢乐是不讲什么理智的。可我有一天总会平静下来，让我在活着的时候就能承受我已在死后的感觉。您知道吗？碧朴莎，我的生活，我的生活是什么？我为我活在这世上而感到如此高兴，我一看到任何美好的东西，便会立刻与它结合。我不仅深爱着人们，也爱着东西，爱着工作。啊！我是多么高兴干这一切的啊！我高兴自己当过保险公司职员，我高兴自己曾当过列车调度员，我曾多么乐意到波尔迪纳钢铁厂去上班啊！……啊！钢铁厂的每一根坯条上都印上了一个美丽的女人头像，头上有嵌着星星的鬈发，这个犹太女人名叫波尔迪英卡，因为钢铁厂厂长太爱她了，便把她的头像印到模压机里，于是这个头像便随着一根根钢坯运到全世界……您知道吗？您也有着跟那波尔迪英卡一样的侧影。等您什么时候到我干活的地方去看看，我为我所干的活儿，为废纸打包和把废纸包装上车而感到骄傲，我为自己待在我乐意待的地方而感到多么幸福……因为生活根本就不是浸透泪水的山谷，而是婚庆般的欢乐，婚庆般的喜悦，所以我们也到这里宴庆一番。我还喜欢茨冈人，有些人嫌弃我……可您只需等一等，等到今天晚上您就能见到卢德瓦，他昨天晚上也在这里。啊！这个屠夫！是个美男子、大力士，长得跟白兰度一样，他一头金发，一双蓝眼睛，肌肉这么结实！当我们两人一块儿在克拉德诺的波尔迪纳参加义务劳动时，我在废铁库里将废钢废铁码到装料起重机里，卢德瓦则用气焊器从车皮里取出烧坏了的轴，将这些一百五十公斤重一块的废料从车厢直接扔进装料起重机里。如今我们还是好朋友。卢德瓦随便走到哪里，都有女人追随他，甚至追着他下电车，他走到哪里，便跟到哪里。这个化装成卢德瓦的白兰度就是这样一位美男子……博乌迪昨晚在这里坐着、看着、听着，用他的大杯子喝啤酒。

他摸了摸胡子，嚷嚷说：‘博士，我的老天爷，快把我们周围的这一切写下来吧！你老兄不是总会招引出许多现成的故事吗?’我连自己肚里有什么货都不知道，但是我最能招引孩子，原先这里满院都是孩子，这座楼的主人是费雅尔太太。那些孩子不仅冲着我，而且冲着乌利叫费雅尔先生。如今只是在街上，可从前总往这院子里跑。那时只要我在家，他们就待在这院子里，待在我这儿，老是挤得满满的。……直到发生了这么件事情：地铁电影院的一个放映员在放映室里用剪刀慢吞吞、残暴地剪碎了一个小男孩。这个消息传遍了布拉格。而我坐在这里，用贝尔克牌打字机在写作，孩子们在我身边玩耍，在这院子里，我高高兴兴地继续往下写。小楼梯那儿出来两个女人，她们在揍小孩的头，对着我嚷嚷，使劲打他们，踢着他们下楼梯，说是再也不许他们来这里。她们揍得那么狠，说不定孩子们会被揍残废的。而我继续坐着写我的，因为我总想，我要是不立即写下，那些句子便会跑掉，于是不管她们对着我嚷嚷也好，挥拳头也好，眼珠子在我脑袋周围转来转去也好……甚至跟电影院那个小男孩一样下场也好，我都不予理会接着写，直到写完为止。那两个女人已经走了，孩子们也走了，可从那两个女人那里留下来的一切情景却在我脑子里重演，我因此而害怕。我这么热爱孩子的一个人，没准也可能像地铁电影院那个残暴的人一样去将孩子剪碎……”

如今那爱干净的太太、贝朗诺娃太太出现在院子里，伸直身子靠在椅子上，翻开了《你好!》的书页，眼镜架在鼻子尖上，仍旧穿着那粉红色橡胶短裤，戴着粉红色胸罩。她将椅子挪近了些说：“那下面已经开始有阴影了，我们的脾性一样，博士，必须待在太阳底下。可是！这里没什么人了，大家都出门去了！我说，我给您留了一小锅鸡肉和野鸡肉，您尝尝，有两份，要是那位小姐也有胃口的话……不过我已经看出来了!”说着用下巴指了指我那装着一包猪排和面包的网兜，“你们大概也要到河边去，是吗?”

7

我和博士走到堤坝巷里，我拄着阳伞漫步在他的身旁。博士穿的灰色长裤和短袖蓝色运动衫。人们纷纷向博士问好，他也怀着极大的热忱向他们致意。我感觉出他为每一次问好而感到欣慰。有时他还向不认识的人问好。他们停下来，回头看我们一眼，又继续走他们的路。我们走进一条大街，车身上带有一条条红道的电车来回穿梭，停车、乘客上车、下车。我也许第一次注意到，人们都穿得整洁漂亮。进出于“世界”自助餐厅的老人们也穿着假日盛装，漫步在宫堡前的广场上，或坐在那儿的条凳上，四周鲜花盛开。博士紧挨着我行走，有一会儿他甚至抓着我的手腕。我们并排地走着，引起了人们的注意，成十双眼睛目送着我们，我的那套水洗布衣裙、我的那红高跟鞋、我的阳伞。这些眼睛在回头对我们张望，我感觉到，我的每一步都在人们注视之中。又有一双双新的眼睛，因为人流不断汇集到了栗树林荫道上。罗基特卡小河绕着这条林荫道潺潺流淌，微波荡漾。河面浮动着栗树枝丫袅娜的身影，小河上方横跨着那条散步长廊，长廊上休闲的人们来来往往，川流不息。年轻母亲们推着各式各样的儿童车、五彩缤纷的衣裳，组成了一条服装、面孔和千姿百态动作的滚滚大河。博士轻轻抓着我的手臂，我感到自己有点儿脸红了。我们逆色彩斑斓的人群而行。只是河中漂着小锅、藤筐，甚至还有旧炉子，总之，博士的屋里有什么，这河里就有什么。我们一直走到罗基特卡小河与伏尔塔瓦河交汇的地方。有座小工厂门前贴着半条广告‘本厂专利产品……’在阳光照射着的河面闪烁。在宁静的河湾那儿坐着好几十位钓鱼爱好者，两眼盯着他们的钓竿；在河岸一排栏杆旁边站着的那些人只顾盯着漂子和钓竿；林荫道那边的草坪上孩子们在追逐嬉戏；排排条椅上坐满了妈妈、保姆和奶奶们，她们一个个仰着脸或趴在那儿露着背一动不动地晒太阳。草坪上一条小道弯弯曲曲朝上穿过木丛和起着装饰点缀作用的小树林，林子上方耸立着几棵高大的法国梧桐和白杨，那儿还竖着一个红砖烟囱。小路快通到坡顶的地方有几张长桌子，以及与桌子同样长的凳子。凳子上坐着身着节日盛装的老人，他们在玩扑克，远远就能听见这些牌友们甩牌的声音和他们欢乐的笑声……整个两座小山坡都有人在走上走下，行人们时而出现在山坡上，时而隐没在灌木丛和小树林中，活像正在演出的大剧院或在放映的彩色影片。我从来没有想过人们竟会如此享受星期天……

我迈着步，感到幸福，不是因为博士走在我的身旁，而是因为我第一次地环顾了四周，看到人们在怎样地生活。他们也许跟我一样，家里曾经有过企业、饭店和工厂，有过财产，但是他们已能顺应现状，像什么事也没发生过似的过着他们的星期天。可是我还看到，大多数青年男女都像我一样正从事某种职业，几乎每个人都有自己的目标，都有地方可去，这样那样地把星期天当作一种馈赠，一种礼物。此时此刻我别无他求，只希望每个星期天都这样散步，去游泳。博士胳肢窝底下夹着折叠垫子，我提着游泳衣，不知道我们将要在什么地方游泳。我眼前的一切都让我感到惊喜不已……在这午前的片刻，我们并肩同行，可却默默无语，我们只是互相对望着。博士感到幸福的是我正看着他也看到的一切；我感觉幸福的是走在我身边的这个人在我上班的时候让我埋在一大把鲜花里，在我心中激起了一种与我因被未婚夫抛弃而感到的痛苦完全不同的东西；甚至当我想起那负心人时，我倒高兴他抛弃了我而跟别人结了婚。为了今天这一天，为了这个上午，实在值得，因为我竟然这样地迈着步，借助人们的眼睛使我走进了他们的生活、他们的世界。也许这还是我有生以来第一次这样欣赏景色、欣赏对岸点缀着帆船的伏尔塔瓦河的静水湾，第一次地环顾我自身之外的这一切，赞叹老树干。我抬起头来让自己能看到参天的树梢，忍不住去抚摸那些树皮，我还举起手来，让我的指头能触到树叶……我朝这一切点头致意。我瞅了瞅博士的眼睛，看到他目光炯炯有神，因为我所见到的这一切而变得年轻了。他点点头，深深地呼了一口气……

我们一直走到林荫道终点。穿着节日盛装的人们已经回家享用星期天午餐去了。伏尔塔瓦河湾深潭的水，流到正有游艇驶过的河流里。游艇后面留下一缕淡淡的烟雾和清脆的管乐曲。整个游艇上装满了密密麻麻的游客。实际上行驶在河里的这条游艇上只能见到无数张人脸、五彩缤纷的运动衫，它正朝罗斯托基什么地方驶去。博士从林荫道上下来走在沿着河畔的小道上，从这里可以看到一片隐没在绿茵茂密的树林中的宽阔河谷，绿林中隐约露着一片片小红屋顶的木舍。河谷对面延伸着一个长长的绿色小山坡。山坡陡峭得让你一清二楚地看得见弯弯曲曲朝上蜿蜒的小径，看得清山坡上的房屋、木舍、小花园以及在花园里干活的人们。小山坡顶上是一座石墙围着的小宫堡，石墙外的一道悬崖一直伸到伏尔塔瓦河谷里。悬崖下方耸立着大小别墅的小塔尖。我就在这我从未来过的河谷里，沿着一栋栋小楼房漫着步。这些楼房旁边的一个接一个的小花园，一直通到河边。这里到处是围着围裙的妇女，她们有的在给花草树木浇水，有的在苗圃地上除草锄地。她们的小屋都敞着门，你可看到灶面、长沙发。这一排小屋的尽头是一条两旁长着高高的白杨树的小路。即使没有风，白杨树叶也在轻微扇动，奏出悦耳的音乐。阳光灿烂，某处敲响了午钟。过了那如今盖满尘土的林荫道，便是一直连接着布洛夫卡村的一个个长满果树的园子。绿茵之间这里那里闪烁着衬衫、袖子的颜色，有时还隐约能见到附身于花圃上方的半截身子。我还看见喷水管正在往花上喷水……使我感到惊奇的是，我怎么突然会看到这么美丽的东西，人、树木，这都是我以前没注意到的。不是因为我没时间，而是因为我总是沉浸在自己的倒霉事情里，像个麻木了的人一样过着我的星期天。实际上在我还是小姑娘的时候也从来没去注意过树有多美丽，灌木丛还有它上面的那些小叶子有多可爱，花圃有多漂亮；我甚至从来没注意到，直到在这里，才注意到那些胖女人正在浇灌的花草有多美丽，她们赤裸的身上只围着一块如今根本不时兴围了的大围裙。实际上是这个走在我身旁、犹如我的保姆、我的家庭教师的人改变了我的这一切。他不需要作任何讲解、教导，而且就我的性格而言，我跟我妈一样固执。他要是来教训我，我恐怕会故意什么也不看，什么也不去注意，自我封闭起来，翘着鼻子，含着眼泪，朝地上看……可是他只在我身旁迈着步，朝自己周围看看。我也跟着他看，看到的几乎跟他看到的一样。我根本不去看表，我几乎不想时间流逝，好让我一直能这样迈着步，只在我们这两个身影移动的空间里。

“谢谢呀！”我说。

“嗨，别谢我。您所看到的一切，首先在这里，然后在这里。”他用手掌拍响了一下额头和眼睛。“那是贝尔茨·迪罗卡！”他说着用手指着一座有好几层楼的房屋，一个个拱形窗户，是坐落在绿荫林中的一座粉红色的楼房。“我曾到这儿来跳过舞。二楼有个舞厅，下面是一个小酒吧，外面摆着三张铺着白桌布的红桌子。贝尔茨·迪罗卡，这是为恋人们准备的。”

“可我们别去那里。”我说。

“这我们还有的是时间。那边那儿是‘小厨房’饭馆，还有个专为儿童开的花园饭店。那边那地方叫约根斯迪尔，是为了纪念旧奥地利[1]的，有点儿维也纳神韵，可是一切都已荒芜，没有人了，只能留给我们这些还能理解被遗弃的旧东西的眼睛看看而已。没有任何人照料它、修护它。我们可以走进去，到处去浏览一番……”

博士微笑着讲述这些。随后他走到我前面，横过公路，沿着一条长满杂草的小道朝“小厨房”饭馆走去，透过树林可以看到昔日的这座几层楼的饭店，饭店门前有四排树木，中间竖着一座音乐亭，旁边斜着一座小塔。音乐亭里到处乱扔着破旧凳子，又破又锈的折叠椅，亭中的柱子上刻着花纹，还有那些刻着蔓藤的木板、破损得像揭开了破旧腐烂油毡的小屋顶。亭子立在几十株老树的中间，可是小路旁边还有两个供孩子们玩耍的小亭子，里面落满了枯叶。供孩子们玩耍的这两个破了顶和小塔的亭子是供他们举办联欢会用的，玻璃墙上有几根板条作装饰。博士踮着脚尖，轻步走向这座儿童亭，扫掉小桌上的枯叶，搓了搓手说：“咱们就在这儿吃午饭吧！”

他从我这儿拿过网兜，打开食品包，拿了一块炸猪排，狼吞虎咽地吃起来。我也拿了一块，可我没胃口。因为我们在洛西尼亚也有过这么一座别墅，同样用这种小塔作装饰的别墅，我们在洛西尼亚的那座小别墅是按照在萨尔茨堡[2]的那座小别

① 指奥匈帝国。
② 现奥地利境内。

墅造的。墙壁是木结构的，那屋顶和大梁也是用同样的木刻花和枝叶作装饰，甚至在那花园角落里的儿童亭子也一模一样，我们小时候常在那里吃早餐和午后茶点，然后在那儿玩耍，为我们那美丽的亭子而感到惊讶不已，这是专门给我们小孩用的。这个用木制的美术字母和葡萄藤须装饰的亭子跟巴黎街①上装饰的那些房子一样。我默默无言地环顾四方，博士用餐巾擦了一下嘴巴……

“这个花园餐馆曾容纳过三百个旅游者，可现在已是不时兴这种美的时代。在贝尔茨·迪罗卡里面有菩提木做的桌子，紧靠墙壁是一排坚实的条凳，还有很重的木靠椅。可是去年，这一切便都被搬掉了，换上了胶木椅、胶木桌，摸起来冰凉的。因为时代不同了。这真美！我们两人站在这里观赏着这既无强龙也无守护天使看守的美。您懂我的意思吗？木板断裂，而我们却在这断裂的碎木板上。这些碎木板扎着我们，这些碎木板留在我们体内，这时我们还来得及看一眼这不幸……您什么也别惋惜，莉莎对我讲过的，您过去拥有过的一切都已经一去不复返了，无影无踪了。您只能看到这些并为之感到骄傲。您可以看到自己这一失落，但您不能气馁，必须对它一笑了之。只有这样您才能从这里面解脱出来，得以解放，变得像我这样幸福。当我看着这昔日的花园饭店里所看到的情景时，我在流血，而我这流血，我这为旧奥地利而悲恸的哭泣变成了

---

① 布拉格旧城区一条很漂亮的街。

笑，因此您只管看看我的眼睛。使我感到骄傲的是我有一双犹太教徒那样的眼睛，一双犹太教士的儿子那样的不对称的眼睛。所以说，我有什么罪过？就因为我们爱喝啤酒，因为我有个犹太名字的朋友博乌迪和艾戈，因为他尿湿了我的地毯？我们所有这些在堤坝巷的住处欢聚的人都是从这些亭子里、这些儿童举行过联欢会的亭子里被撵出来的……实际上，您也属于我们这一群，因为您也是个孩子，已经哭累了的孩子……但是您能看到那洒满阳光的山坡，看到山坡上花园里的人们怎样在晒太阳，像一颗颗宝石在闪光。您瞧瞧自己周围这一切简直像在一个珠宝首饰店哩！然后您就会像那个假设的犹太教士之子博乌迪一样从不气馁，他卫护着所有悲剧性的、富有诗意的、一切被毁灭的美好的东西，就像画家夏加尔①所能做到的那样。”

他因说这一番话而累得喘不过气来，脸红了。他说话声音那么大，仿佛他说的对山坡上所有的人，对沿着河岸漫步的人，对下面八个网球场打网球的人，对布拉格所有的人，对不仅捷克地区而且包括维也纳、布尔诺、伊赫拉瓦乃至中欧所有的人都有效。

他把剩下的食物包起来，迅速塞进小提包里，拿起我的

---

① 夏加尔（Marc Chagall，1887—1985），犹太人画家。生于俄国西部小镇维捷布斯克，最后定居巴黎。有许多关于犹太人的作品，为果戈理的《死魂灵》作过107幅版画插图，为拉封丹寓言作过100幅水粉画插图，为法国歌剧院作天顶画，为纽约大都会歌剧院完成两幅大型壁画。

伞，胳肢窝底下紧紧夹着吹气垫，将手伸给我，我抓住他的手，他领着我，跑过杂草丛生的小道，我们一溜烟地飞跑着，真像偷了这里的什么东西，真像给这座亭子残骸放了一把火。我们跑呀跑的，一直跑到桥边网球场那儿，博士才放开我。他喘得一塌糊涂，我也喘得一塌糊涂，血液直往头上涌，我有点儿接不上气来。玩网球的人都停止了打球，朝我们看，他们看着我们从他们旁边跑过去。我们还在小道上面跑时他们就已经看见我们了。如今他们见我们在哈哈大笑，笑得直咳直喘，而他们便又精力集中地发球、接球、扣球以及为有争议的球而争吵……我们正从这些汗流浃背、穿着白色短裤、裸着上半身的球员身旁走过。他们像动物园那些关在铁丝网大鸟屋里的鸟儿一样，待在铁丝网围着的网球场里。老少球员们都累得大汗淋漓。中午的烈日烤着他们，可他们不管输家赢家或者为丢了球而难过的，都感到幸福……

8

我们沿着伏尔塔瓦河边的一条小路朝着隆隆水声走去。在我们前面的一个什么地方是一个水坝，坝上的水落下时持续轰隆作响，河水流速加快。我们顶着太阳走在堤岸上，河对岸耸立着桤木和白杨。“您走前面！”博士请求着，我像男子汉一样大步跨到前面……他又微微脸红了，因为他大概已是第五次请我走到他前面去。等他追上我时，累得直喘气。从堤坝上有好几级台阶通向河里，博士一直走到最下面那一级，捧了几捧水洗脸、洗脖子，然后又满头湿漉漉地走回来。

我们沿着河岸朝一座小山坡走去，山坡上面是葡萄园，葡萄园顶上是一个小教堂，小教堂后面耸立着一片松树林，葡萄园的那一端有一座大果园，果园上方看得见一座大宫堡的屋顶。

“这算不了什么，”博士说，“这是特洛亚宫堡，施特恩保公爵曾经住在这里，他是德国人，但却又算得上是个杰出的捷克人，民族之父巴拉茨基[1]和其他爱国者也曾到他这里来进修过捷克文。”

我们走在河岸上。河里映着蓝天、朵朵白云，河对岸几棵树的倒影投在泛着微波的河面上，仿佛被雨中的活页窗帘隔成一段一段。博士如今显得有点儿憔悴、衰老了些，大概是他昨夜在家里和朋友们欢聚的酒后头疼又在发作。一直伴随着到这河边的那股热情消失了，他对我谈起他自己，更确切地说是在为自己悲泣：

“我从来不是喜剧小丑。我从来没本事去勾引别人的女朋友。我总是让别人夺走我的大美人。我年轻的时候是个没有勇气去为自己的爱情与人搏斗的忧伤青年男子，因为我总是先想到破灭、不幸与死亡。这是我作为一个男孩、一名少年的秉性……直到现在我也没有多大长进，我仍然是个忧伤的马戏团小丑……所以我才这样没节制地喝酒。连我自己也觉得不好喝，可我还是喝，为的是让我显得在社会上还是个什么人物，有点儿显眼。如今我又忧伤起来了，现在要是有辆火车开过来，我真想去卧轨。我在您面前、在我自己面前感到不好意思……我知道，我要是来两杯啤酒，恐怕能提高水位，我又能从死里复苏……可又有什么办法呢?”

他说着又沿台阶跑到河边，捧起满满两手掌水泼到脸上，

---

① 巴拉茨基（František Palacký，1798—1876），捷克功绩卓著的历史学家、哲学家、政治家、文化活动家。

可他觉得这还不过瘾，又用那双湿手脱下针织汗衫，洗了一通上半身。走回来时，湿手指抓着湿汗衫，让身上的水一直淌到腰间。连裤子也开始湿了。他走在我前面，我不得不拿着那张充气垫子。我为这位突然变了个样的博士而感到惊愕。突然我后悔不该跟他一块儿到河边来，突然我觉得这个人有点儿讨厌了。他又跑到水边去冲了一下脸，洗了洗胸口，大概他还觉得这不过瘾，便弯下身来，张开双臂，撑在已浸在水里的最后一级台阶上，将头泡进冷水里。走回来时，他呼了一口气，打了个冷战，耸动了一下肩膀。我四下里张望一番，惊讶地发现我们离堤坝已经很近了。已经看得见水落的地方泡沫翻滚、水花四溅。一条铁索桥横贯河上，有个人走在上面，停在桥中央。

“这是堤坝看守。我真想当这么个堤坝看守。”博士说，“我热爱世界上两样东西：水与火。我们如今正在水边！您知道，我就是宁城水边长大的，我曾过桥进城去上一年级，回家的时候也要过桥。我不喜欢上学，我在学校里只是熬日子。我的生活从六岁起我关心的，就只是水、小溪、小河和水塘，主要是流动着的水。天气一变，水也变，水面随天气而起变化，我大概也随着天气变……下雨时，我就像那天空一样忧伤。当我还是个孩子时，我常去抓鱼，下雨的时候，鱼容易抓，我便去抓。因为直到现在我对鱼都喜欢得要命……只不过如今我不抓鱼了，我已长大成人，捕鱼要有捕鱼证。啤酒厂后面流淌着易北河。我抓了十五年的鱼。我童年时喜欢在这条河里游泳，夜里我喜欢在月光下游泳……我在这条河里学会了安静和沉默寡言……我像观赏一位美丽的姑娘一样钟情地望着这条河，这条河是我最喜欢的……这条河叫纳什布拉特赫……是伏尔塔瓦河最美丽的一段。”博士现在是大声喊话，因为我们已经到了从河对岸横过来的小桥这儿。建在梁上和钢筋柱上的堤坝也从这儿横过河面。这坝是用紧紧串联在一起的橡树厚木板构成的。这厚木板足有五米长，上下都有钢结构牢牢地固定着，就像钢笔夹子夹在胸兜那样。堤坝上的水跌落的地方，白沫翻滚、泛起团团银色鬈发……博士站在水闸附近，用他那一高一低不对称的眼睛望着急湍奔流的河水。他光着膀子沐浴在阳光下这么站着，我蓦然对他起了怜悯之心。他本可以独自待在这里的，我看到，他一个人完全够了，甚至他高兴一个人待着。我看到，孤独对于博士来说没什么不自然的，而是他性格的一个组成部分。我对他的脾性只观察这么几天，便觉得我早就认识了他。因为这位博士没在我面前演戏，他甚至尽力想让我得到有关他的最坏的印象。他在我面前什么也没伪装，什么也不隐瞒。如今他站在这里，望着插进水中的闸门边沿。我见到他晒得乌黑。他喜欢晒太阳，像所有的布拉格人一样，夏天要是没晒黑，那就是一种不幸，就有种自卑感……我望着他，望着这个凝视着河水、几乎与它融为一体的男人。我敢肯定，要是我对他喊叫一声，准会吓他一大跳……我将目光重新转向那跌落的堤坝水流，它轰隆隆拍击着河下的磐石，我对这阳光照射下的雾茫茫的水星碎珠总也看不够；我看到了几道彩虹。彩虹后面还能看到对岸隐隐约约的白杨和桤木高大的树干。那边还现出了白色的篱笆和白色的跳越障碍物。从河岸某处拐出一条赛马跑道，一个运动场……我看到这边河岸上也坐着钓鱼的人。有的人站着，正将带钩的鱼形金属片抛向远方，在阳光照耀下，金属片闪烁着光芒，在河的上空与钓鱼线一起掉进水里。钓鱼人在手指间绕着像弦一样斜拽着的钓线……

博士将鞋脱下提在手里，体会了一下脚踏在被阳光晒得灼热的方石块上的滋味。他走着舞蹈步伐，使劲不让脚板嵌进石块之间的缝里。我跟在他后面，回头看看这条河。现在我看到从水坝上冲下来的整个一面水墙，我甚至有点被这水吓着了，开始害怕起来，心怦怦地跳。博士小心翼翼地朝河里往前走去，一直走到闸门下端。倾泻下来的水已经与流水汇合在一小块绿色的草场上……

博士冲我喊了些什么，我只见他张开的嘴巴，什么也没听见。他又对我喊了一通，可我还是什么也没听见，堤坝瀑布的响声盖过了他的喊声，我做了个疑问的手势，两手摊开，气垫掉了，博士连忙沿着河堤跑去，接住那充气垫，冲着我的耳朵喊道：

“水！多好的水啊！”

我点了点头。他将手伸给我，小心翼翼地牵着我往前走。草场四周流淌着水，好极了的水。我坐下来，博士拿着充气垫，耐心地将气吹足，累得差点儿喘不过气来。他堵上吹气孔，将吹得鼓鼓的、带条纹的气垫的一角递给我。他摸了摸气垫，点了点头，又将气孔栓往里面塞紧了一些。我取出游泳衣，博士脱下长裤、内裤，里面还有一条在家里已经穿好了的黑色人造缎子游泳裤。他拿着气垫，来到河岸边，将气垫抛得老远，直到水闸门附近。我也脱了衣服，换上游泳衣，坐了一会儿，将两只脚伸到水里泡着，随后触着沙底。水在流淌，有点颤动。我站起来，用脚小心地试探深浅，水没到我的膝盖，然后到腰间，我轻轻地往胸上洒了些水，又走了几步，水到了我的胸部，我往水里一沉，开始游起来。水托着我，好在我也从小生长在河边，早就会游泳。也许这就是我曾经做过的唯一运动。我划拉几下又到了岸边，触着了沙子河床，便站了起来，用水洗了洗脸，河水有股清香味儿。然后我瞅了瞅水闸那边，博士正在摆弄那气垫，随即躺到它上面，流水将他带到水闸那儿，蓝黑条相间的气垫顺着波浪飞驰漂流。博士举着双手，我也举起手来朝他挥动。突然间，我猛地一愣，因为气垫被浪冲着直朝我奔来。博士从飞溅的浪花中冒出来站到了我面前。他下了气垫站在水里，水齐腰。他冲我一笑，嚷道：

“棒极了！”

“什么?”我用手托在耳后问道。

“棒极了！”

“对！”我点了点头，实际上啥也没听清楚。我一转身，重又钻进水里游泳去了。水流将我冲走，我有意让它推着顺流而下。河岸上有穿着衬衣在散步的人们，孩子们在他们前面玩闹嬉戏。他们看看我，我朝他们微微一笑。人们离我那么近，我一伸手几乎就能碰着他们，只不过他们在逆着水流往上走，我却是顺着水流往下漂，一直漂游到一个僻静的地方。我碰着沙底站了起来，转了个身。

博士正看着我，他举起双手，高兴地笑着，他喜欢看到我这个样子。他立即猜出来，我也是在水边长大的，当我还是孩子的时候也常在河里游泳。最主要的是我不害怕河里的水流，我竟能经得住这河的牵引，放心地将自己托付于它，没作任何抵制。因为我知道，连河也喜欢那些善于将自己托付给它的水流的人。我高一脚低一脚地走出水面，水流推得我踉踉跄跄，我从水中走出来，登上堤岸，往回走了几步。我边走边看到博士在瞅着我。我几乎像个赤身裸体的人，实际上就等于赤身裸体，因为游泳衣紧紧贴在我的身上，我迎着他的眼睛走去。这对眼睛正在内行地审视我。我看到，当我从堤岸往下走到绿色的小草场时，博士将气垫扔到岸上，径直朝我走来，将手伸给我，领着我往前走。我坐下来，用两只手抱着挡在胸前的膝盖。

"您有一个美丽的胸脯，"他说，"而我，我有一双漂亮的腿。"他骄傲地补充说。

"什么?"我表示惊讶。

"我有一双漂亮的腿呀！您瞧，有点儿弯，这是踢足球踢的。这是我唯一引以自豪的。除了我这副漂亮的肩膀之外，我还有双更漂亮的腿。"说着，他伸直了腿，使劲让两个膝盖能碰上，可中间还是有条缝。我的确得承认，他有一双肌肉发达的漂亮的腿、一位不久前才停止踢球的足球运动员晒黑了的腿……

“罗圈腿……”我轻声说。

“这是踢足球踢的。我着迷地踢了十年球。可您自己也不得不承认：我这双罗圈腿很好看。”他笑了。

“好看透了！”我笑着说，勇气倍增，“我常为我有一个正如您所说的大胸脯而苦恼。我在十六岁的时候就得戴九号胸罩。您知道，那时候，我曾为这而感到害臊，我总也学不会像今天那些电影演员一样扣好那胸罩扣。可惜那时还不流行梦露式的体形。”

“可我喜欢您这个样子。”他说，“您的脚甚至也有点儿歪，不过所有的芭蕾舞演员的脚都有点儿歪，这是因为您站着的时候，总摆着一个芭蕾舞演员的基本姿势，右脚稍微往前，脚板斜着往外撇。”

我瞅了一下他的手和手指头说：

“您的手可磨损得厉害，手指头黑黢黢的。……这可不像一位博士的手。”

“不像。这是因为我还是个小男孩的时候就喜欢在花园里干活。喜欢跟贝宾大伯一块儿挥铁锹、捣动大麦芽，因此我停止了弹钢琴，我曾去上过六年钢琴课，可是我的指头太短，我在克拉德诺那四年所干的活儿也只是耍大锹。我如今这份工作，等您到焦街去看看，您自己也会看到这是一桩累活儿……可是我为我这双手和指头而感到骄傲。我常常在我惊讶的双眼前面摊开我的两只手掌细细观察。我在手掌上读到看到从我手里经过的一切。实际上我什么别的也干不了。我曾想当名足球运动员，可我踢球的时候断了锁骨和肘腕，要不然我会是个拔尖的足球运动员；弹钢琴吧，我只演奏过几支肖邦的小夜曲，我更乐意在‘桥下’小饭馆弹施特劳斯的圆舞曲，可就连这个我也不得不放弃，我当钢琴家是永远成不了气候的……二战时，我是一名列车调度员，这我也没继续干下去；后来我当了卡雷尔·哈利·克罗方特公司的贸易代表，在这以前我还当过小业主基金委员会的保险业务员，可这些我都不得不放弃，因为我在这些行业里恐怕永远也干不出什么名堂来。我只有在克拉德诺耍大锹耍得很出色，在那里师傅们都把我当作别人的榜样。他们一夸我，我就像吃了蜜一样舒服。在克拉德诺我有点儿不再像个喜剧里的小丑、忧伤的丑角，可在我自己的眼睛里我仍然是这类角色。不过，借助别人的眼睛我至少能直视人们的眼睛。从这个时候开始，我甚至从镜子里直视自己的眼睛，从镜子里我也觉察到我尽管在人们心目中是个胆怯的人、一个小丑，但我实际上是一个挺好的人。”

“实际上，”我开始现出喜色，“我喜欢玩扑克牌，您有点儿像……我可以对您说吗？您有点儿像扑克牌中的大鬼！”

“什么？”他吓了一跳。

“大王啊！……”我换了一个说法。

“小丑？”他失望地说。

“不，大王是给玩牌的人带来好运的一张牌，每个玩牌的人都希望抓到大王……因为大王的样子虽然普普通通像马戏团的小丑，可是这张牌比所有的‘10’、所有的‘国王’、所有的‘皇后’以及所有的‘J’，甚至比所有的‘A’都要大……他笑笑的，可是它能毙掉任何一张牌，因为大王是第一的。”

“我在您心目中是第一的？”

“是。因为我曾经不想活在这世界上了。当我处于最无力、最底层的时候，我便来到你们的院子里，您正用草根刷子在刷地板……如果别的什么也没有，就凭这幅画面您就是第一号的。”

我将目光转向了别处。

然后我们并排坐着，我们互相不再看对方，重又望着那轰隆作响的堤坝瀑布，望着四溅的水花，望着水雾中云朵般翻滚的白色泡沫。它们被微风带着随水而下，撞在小岛中的灌木丛和长着像抹了油一样的叶子的葱翠柳树枝上。我拿着气垫，将它带到岸上，朝着水闸的方向一直走到上面河水流进三米宽槽子的那地方，犹豫了片刻，从那儿朝下看，后来只见博士正从上朝我看，本来我压根儿就不敢坐到气垫上去的，可是博士的眼睛逼得我克服了恐惧心理，将气垫放在比原来高几米的地方，然后从水里跳到蓝黑条纹的垫子上，水流将我带进了倾斜的水面，快速急剧地穿过平滑的柱子。有好几次这垫子曾卡在光滑的柱子和厚木板之间，可是湍急的水流将载着我的气垫飞快冲到下面，穿过最后的向后旋转的波浪，漂到平静的河湾，流速减慢了，我这才睁开眼睛，就像我上次躺在医院抢救，从我体内抽出了可能将我带到另一个世界、带到死亡的一把安眠药之后那样睁开了眼睛……我在气垫上仰着躺了片刻，我弯着胳膊肘儿挡在眼睛上。博士将气垫拽到他身边，我穿着泳衣躺着，他俯身看我，细细观察我，然后温柔地拿着我的手，将它放直，望着我的脸、我的眼睛……

之后我们便只是并排地躺着，在阳光的照耀下很是舒服，我开始感到疲倦，便睡着了。在我沉沉地睡去之前，我还听到人们的脚步声，他们在我们上方的小道上漫步，我听到他们的谈话声、笑声、孩子们的嬉戏声、妈妈的训斥声和河堤瀑布的隆隆声，这一切使我渐渐地合上了眼睛，我感觉得到博士躺在我身旁，我们脚的触碰，后来我便酣睡了。……

我醒来时，太阳已经钻到河对岸的白杨树冠的后面去了。博士已经穿好了衣服，坐在水闸的第一级台阶上。他缩着双腿，两手抱着膝盖，只是这么坐着，嚼着一根草，聆听着，一直望着跌落的水墙、落水的旋涡、飞泻于满是泡沫的水平面之上的雾茫茫的帘子。这水帘被灌木丛和小柳树的小岛碰得粉碎……我打了一个冷战，坐起来。我因不习惯于下午睡觉，有点儿头疼……

9

夜幕降临，街上已亮起路灯。我们逆着暗得像墨水般的河流往回家的路上走。对岸两河交汇处的白色鸥鸟仍在翱翔，河面上映着霍莱肖维采一排排窗户亮着黄色灯光的小屋。恋人们双双对对从我们身旁走过，他们手牵着手默默地去我们从那儿来的地方，那小柳树林中，也许正是我们待了整个下午的那地方，听那河水跌落的轰隆声响。我们走过网球场附近时，只见暮色朦胧中还闪动着身穿一身白的运动员们的身影。他们的白毛衣、白短裤在这黄昏中忽忽闪现。他们的头和手脚都晒得黝黑，因此你觉得似乎只是那些白毛衣、白短裤在活动。博士走在我身旁，河面的反光射到我们身上。博士显得很安静，走得有点儿靠边，时不时碰着我的膝盖，有时甚至彼此撞了一下，不禁轻声一笑。河边小道上的沙子闪烁着光亮，听得见我们的鞋跟踩在河沙上的咯吱声。博士更确切地说不是对我，而是在自言自语地说：

“也就是说，我的童年、我的青年时代都曾是美好的，但只能说对于我是美好的，因为对我的父母来说是一种不幸……从小学到中学，我妈妈都感到苦恼不堪。每天一起床，就总是像在抱怨地说：‘你将来能干什么，孩子！你能成一块什么料啊！’您懂吗？直到如今，我一回忆过去就得冒一身汗。因为，的确，妈妈说得对。因为即使在今天，我又能成什么材呢？因为，在我是个孩子的时候，我总是心不在焉，我即使不在家里，已在别处，我的心又到了另一个别处。您明白吗？我留过两次级，我想去学泥瓦匠，可我爸爸说，不行不行，你只管每个年级都留一次级，但你必须中学毕个业，然后再去学泥瓦匠。从小学三年级起，我的分数便全得三分①，操行也只有二分。您懂吗？像我这么个胆怯的人，操行却只得了二分。我在这段童年时期的照片也很难看……每当他们给我和妈妈照相时，我总是板着脸，皱着眉头，离他们远远的。也不知道为什么，可总是这样跟家里不对付，跟学校不对付。我只有在一个人的时候，只有在我抓鱼的时候，只有在我躺在啤酒厂马棚的干草堆上的时候才感到自在。我躲在干草垛里，聆听着……我那个年代常听些什么来着？当大学生的时候，我常爱穿上爸爸的外衣，淋着雨沿河漫步。我片刻地逃离开，独自穿过草场和森林，一直走到水渠那儿，这周围长着桤树的水渠流经灌木丛、小树林。我靠着一棵树站着，心里总是害怕着什么，有个

① 捷克学校的最高分为“一分”（优），其次是“二分”（良），“三分”则刚刚及格。

什么东西让我害怕去想。后来琢磨出来了，就是妈妈曾经重复过上千次的那句话。当我一次又一次地往家里捎回那数百张总是老样子的成绩单时，妈妈一看到这些三分、四分、操行二分甚至三分时，便成千次地将这句‘你将来能干什么呀?’的话往我耳朵里脑子里灌。于是我总是逃跑，可只要我一停步，累得不能再往下走时，‘你将来能干什么呀!’这句责备的话便又撵上了我。我总算读完了法律。我之所以选上法律这专业，纯属偶然。我从来没喜欢过法律。我读的法律系，但不知为什么。也许我学法律，而且还学得不错，只是为了让妈妈高兴，她再也没说‘你将来能干什么呀’了。”

我们横过了公路，山坡上亮起了一盏盏别墅、小屋窗子里的灯光，整个小山被亮闪闪的路灯装饰起来。这些灯一闪一烁从山上走到山下，又从山下爬到山上，一直爬到山顶，挨着夜空，那里竖着像金星一样放射着光芒的唯一一盏路灯。有些灯光隐藏在丛林的树枝树叶后面。我朝那儿一望，仿佛这暗黑中所有的灯光都充满着爱意。整个这一星光灿烂的夜空和大地都仿佛自己爱上了自己。人们从暗黑中走出来，在光亮中显现片刻，又消失在树林中、篱笆后，然后又浮现于稍微前面一点的地方。博士深思熟虑地说：

“喝醉酒之后，最美的不是那兴奋劲儿，不是沿着小路上山坡那会儿，不是那双举起的手和源源不断涌现的那些主意。而最有价值的是那第二天，那酒后不舒服的感觉，良心责备，那种沮丧忧愁。当一个人情绪低落时，就像您看见我在洗锅的时候那样。我每一次酒醉头疼之后，我自己就像是我妈妈，我也这样地对自己说：‘你将来干得了什么’这就是酒醉头疼的力量，想要开始新的生活。……而且，在酒后难受时至少我是这样：出现一些我在清醒时害怕去琢磨的想法，酒醉头疼之后往往出现一些若在平时会让我吓一跳的思想，这是一些你虽然不会有太多，但也总有一点点进步的思想……头疼的时候你会想起昨天晚上和夜里你冒犯了谁，闯了些什么祸，当我为自己所说出的胡言乱语、当面辱骂了邻居和客人而吓得、羞辱得冒出冷汗，甚至不想再活，想要自杀时，突然就会冒出那句‘你还能干得了什么’的话来。您是知道我怎么写作的呀，如今我才看到，我的写作也是对自杀的一种防御。通过写作我似乎从自己身边摆脱掉了；通过写作我能在一个什么地方琢磨出究竟我还能干得了什么。现在还是我原来的那个我。我通过写作医治自己，就像天主教徒用忏悔来医治自己，就像犹太人用对着墙壁倾诉来医治自己，就像我们的祖先对着一棵老树说出自己的秘密、担心与恐惧来医治自己一样。归根到底就像弗洛伊德①的病人用想到什么就说出什么的办法来医治一样……实际上我的写作是从一行字到另一行字的飞奔。在打字机上看得很清楚，我从来不知道我写了些什么，我总是在追逐一种什么思想，这思想总是在我面前，我想追上它，可它总是跑到我前

① 弗洛伊德（Sigmund Freud，1856—1939），奥地利精神学家、心理学家，精神分析学派的创始人。他抛弃了古老的催眠术，让患者想起什么说什么，由此发现隐藏的病因。

面去了。于是我像小时候追赶着开向我外婆家去的火车那样，像我从学校逃跑回家那样，亦像我从家里出来沿着小河飞跑逃离我自己那样，我总是从我所在的地方跑到别处去，从我的那些小姐们那儿跑到男孩们那儿去玩扑克，为的是好让我又从男孩子和朋友们那儿跑到另一个暗黑的地方去。当我一停下来，我又看到，我还得接着逃跑，因为在我面前，我没有找到目标。在我还是个孩子、一个青年男子的时候，我有过那么多职业，我在我的职业中也老是逃跑。我当保险业务员的时候，就期盼着快跑回家，在家里时，我又往外跑，上小饭馆，当游走商推销玩具和服饰用品时，我又坐着火车和汽车往哪儿跑来着？为的是能把这些玩具和服饰用品卖给零售商。我整整坐了四年公共汽车赶到克拉德诺的波尔迪纳钢铁厂去干活，用小火车为马丁炉运送原料。然后又坐着公共汽车回家。在家里又马上跑到小饭馆去。在小饭馆直到今天有时也会突然脸色煞白，不得不再又跑到别处去，就像今天我们俩也一直在活动着一样。我们老是在路上，因为我们担心，担心什么？不知‘我们能干得了什么’……”

我们在一家亮着灯的花园餐馆前停了步。老栗子树下摆着餐桌，坐满了人的餐桌；小凉亭里在演奏管乐，树与树之间拴着铁丝，上面挂着灯笼。只听得人们的笑声、欢乐声、低声的交谈。客人们举起了酒杯，为健康而干杯。透过敞着的通向酒店的门可以看到又一批桌子，坐满了另一批客人的桌子。这是一个温暖的夜晚，人们将外衣搭在椅背上，老酒店老板在灌啤酒，人们挤在酒柜前，有滋有味地喝着啤酒，另一些人端着没喝完的杯子站在那儿跟身旁的人聊天，或者目光痴呆地望着前面……从树冠上传来人们的谈话声和笑声，有人从二楼走上空中花园。这里也是高朋满座，他们头顶上方亮着挂在树枝间拴着铁丝的灯笼……

我们走进这花园。开始演奏音乐，有几对舞伴起身跳舞。博士高兴了，他看见了熟人。

瞧这一通喊叫、这一通拥抱啊！博士将他的朋友领了过来，向我作介绍……

“这是卢德瓦，屠宰工。我和他一道到波尔迪纳参加了两届义务劳动，整整一年。”我将手伸给了这位帅男士。我想起博士曾经向我谈起过这位屠夫卢德瓦，有好多女的追他。比博士讲的还要麻烦的是卢德瓦确是个美男子，他有一副魁梧的身材，像个举重运动员，细腰宽胸，脖颈像瑞士牛，长得像白兰度。他对我微笑，也有双美丽而忧伤的眼睛，已经看得出来有了几分醉意。他把我们请到他那张桌子，这是由三张桌子拼成的一张大桌，上面铺着的那块桌布肯定是下午一直盖着没换过的，上面染上了啤酒、葡萄酒，还有打翻了的酒杯。卢德瓦将博士手中的气垫和我的阳伞都拿去挂到一棵老栗子树上的挂钩上。他摊开双手，对那帮穿着衬衫卷着袖子的人说：

“这是博士和他的小姐。跟我一起在克拉德诺如此卖力地建设祖国，从而推动了币制改革。而这一帮人，”他指着他的那些哥儿们说，“都是当屠夫的。因为这个娱乐活动是由布拉格屠宰坊的屠夫们举办的，连乐队也是我们的，布拉格屠宰工的管乐队，而……”卢德瓦先生没把话说完，因为管乐队已开始演奏。所有屠夫们都站起身来，充满激情地唱着“……当我二十岁的时候，这世界就开始让我发愁……”所有桌子仿佛都飞向半空，所有宾客都站起来引吭高歌，连空中花园里的客人也站了起来，他们的头仿佛伸进了那些老栗树的枝干中。孩子们在椅子间互相追逐……博士站起来，搭着卢德瓦的肩膀，也同其他人一起感情充沛地唱着歌。我也站了起来，环顾一下四周，看到的尽是普普通通的男人和女人。他们没有任何一条理由逃离开自己或想跑到别处去。我看到，这些人别无他求，只希望这个夏日的星期天晚上持续得越长越好，也许更好是根本就不回家，玩个通宵。大家都站在这里，四处张望，彼此举手打招呼，隔着桌子举杯致意。如今大家在满怀激情地歌唱着，几乎为这忧伤的歌曲而流下眼泪，歌里唱着：“一切都已消逝，没有为我留下开启这爱的钥匙……”我看到，我们桌旁的屠夫几乎都因这屠宰工作而有了生理缺陷。第一个有着一双短腿，另一个的脸上斜着一道疤痕，第三个的手红得像挨蒸汽烫了一样，第四个的肩胛骨微显突出，第五个的肚子又特别大……唯独卢德瓦是个美男子，就像博士说的，像希腊神、像白兰度。

博士将手伸给我，邀我跳舞。我们在桌子中间、孩子们中间穿来挤去。郊游者们跳着波尔卡，有些人跳老式的六步波尔卡，有几位年轻人松开手，各自在跳旋转波尔卡……博士紧紧搂着我，我靠着他的一只肩膀，随即融入节奏。他跳得很好，能转一个整圈，他带得我也跳开了，脸侧着，呼吸很轻。他跳呀跳呀大概老能跳下去。我的手能感觉到他肌肉的确发达，如今他的手稍微往下搂着我的腰，靠得离我更近了些，我都感到了他的腿，的确，腿很坚实。我的头有点发晕，整个这花园饭店像一座正在转动、灯火通明的旋转木马。像一座威尼斯玻璃大吊灯。有好几次我们撞着了别的舞伴们，可我们一碰便立即停下来，到后来我们干脆在舞池边缘跳。博士总算有了个合适的时间和地点对我说："跳波尔卡和华尔兹我都当过冠军，得到过中级舞蹈班的奖。您知道吗？我曾毕业于两个舞蹈班，我想当舞蹈冠军……在涅麦切克城郊有个班，连一位女士也没有来，我们只好跟男士们跳，双数算男的，单数算女的……可是第二年在本西涅克，我在中级舞蹈班里，波尔卡和华尔兹我都得了奖……据我所记得的，在我做过的所有事情中，直到今天，我做得最好的是什么？"博士将他的脸挨着我的脸，大声喊道："波尔卡和华尔兹！"

我尽可能向后一仰，他用手搂住了我，我们互相凝视着。花园饭店在我们四周旋转，灯笼也在旋转，我们周围所有的桌子、椅子、客人、玻璃杯都在旋转。我们周围的圆圈随着华尔兹的旋律在一圈又一圈地重复着，舞蹈者们可怕的脸时而远去，时而逼近。我的头在晕眩，连忙闭上眼睛，将头靠在博士的肩上。

华尔兹舞曲结束，我们踉踉跄跄走回原位。其他舞伴们仍留在舞池里，喊道："再来一遍！再来一遍！"他们抬眼望着坐在高台上的五位乐师，那拿着小号的五名屠夫。黄铜乐器闪闪发亮。乐师们的脸上一片倦容。后来我们狼吞虎咽地吃着红焖牛肉，喝着啤酒。之后，卢德瓦先生邀我跳舞。我们一道跳华尔兹时，他从来不转一整圈，只是按着节奏走着摇步而已。他搂我搂得很牢，使我能够在他怀里安安稳稳地得以休息。他离我很近很近地瞧着我，跟博士完全相反。博士的目光总是躲闪着，仿佛犯了什么过错似的，就像他自己说的，他爱害羞。他说他年轻的时候，年轻男人害羞成了一种习惯。可是卢德瓦先生却成竹在胸，所以他敢看我。他知道，当他对我微笑时，我便垂下眼睛，微微有点脸红。我越是脸红，霍来肖维采屠宰场的屠夫卢德瓦先生便更加自信……他的确是位美男子，也许只是对我而言，只因为他有一头分缝儿梳着的漂亮、浓密的淡黄头发，他颈旁和耳边的头发微微朝上翻着，形成一个波浪，他还时不时总是用指头当作烫发钳子卷卷它。额前有个波浪，脑后是修剪好的头发。他压根儿就不像当屠夫的，而像那位大战期间在姐姐的婚礼上曾经同我跳过舞的最年轻的将军赫尔斯沃尔夫。他曾让我给他写信，我给他写了，可他却在乌克兰一个什么地方阵亡了……我也注意到他那双屠夫的手，仿佛有谁咬掉了他一整个手指，而大夫又将它缝上治好了，等我们跳完一曲之后，我变得老成持重起来。卢德瓦先生只是微笑，他不需要解释什么，也用不着跟我聊什么。对卢德瓦先生来说，只要能活在这世上就知足了。

等我们一坐下来，又喝上了啤酒。博士直感谢卢德瓦先生请他喝的酒，他只一个劲儿地喝啤酒。当女招待送啤酒来时，他甚至要了两大杯。

“您这手是怎么回事?”我问道。

“这是……”卢德瓦说，嗓音低沉，淡黄头发却显得更亮了。

“被猪咬的。我用钳子去钳它时，它跑掉了，回过头来咬了我的手一下，整个这一块都被它咬了下来……”卢德瓦先生笑了。

“猪也咬人?”我感到惊讶。

卢德瓦抓着博士的衣袖说:

“您爱写东西，这方面您该知道……对猪也得采取点儿恐怖手段，因为只要它们一不觉得疼，便会向我们进攻，所以我们有橡树木做的木棍。刚把它们从车厢里放出来，我们就用棍子揍它们，赶去屠宰时也揍，让它们害怕。惧怕是一种极好的、管住它们的手段。您该知道。”淡黄头发的卢德瓦先生像在梦幻中一样说，“那些猪有时那一声尖叫啊、飞跑啊，尽管我们使劲抽它们，它们也往冒着蒸汽的木盆里钻。蒸汽熏着它们，温度越来越高，我们再用通电的钳子、滚烫的钳子将它们杀死，因为我们是屠夫。”

博士沉默了。我注意到屠夫们的妻子也坐在这里。这些妻子和悦地提醒她们的丈夫别喝这么多酒，控制一下自己，最主要的是别好几种酒混着喝……可是屠夫们将自己的手按在妻子的手上，看了一眼她们，微微笑了笑，挥了一下手，还接着往下喝……

“您作为一位未来的作家，要能看到就好了。当您一打开运猪的车厢，几乎每一节车厢里都有一两头死猪，是吓死的，吓得中风死去，跟人一样……根据统计，在西德每年死在车厢里的猪有六万头，吓死的。在米兰修了一条朝下移动的隧道，在米兰的屠宰场里，用车厢运来的猪走在一个倾斜的洋铁板上，所有的猪都沿着这个大漏斗往下掉，又挨震荡又受伤，这些猪很容易被电钳子弄死……”

卢德瓦先生一个劲儿地聊着，眼睛越来越漂亮，还抓着博士的胳膊肘儿，而博士只是低着头喝他那两杯半公升装的啤酒。我看到他也像米兰屠宰场的那些猪仔一样被同样的恐怖吓得快要死去。可是他既然想要当作家，想要知道一切，在这里他只好违背自己的意志听着、吞声饮泣着。音乐在演奏，舞伴们在继续跳舞，卢德瓦在给博士上课……

“世界上最温驯的动物是小牛犊。火车车厢载着它们，在某处停下，那车厢在路上走了一个礼拜，里面站着那些小牛犊，等我们一打开车厢门，那里就有两头被勒死的小牛犊。还是小娃娃，刚长大的孩子呀！这不同于在车厢里因为恐惧而梗塞致死的两头猪呀！……我还从西德一份杂志中看到，他们从罗马尼亚哪个地方运马进来，一打开车厢门，就看到一匹窒息致死的马。我在这本杂志上还看到一张照片：在路途运了三天的小马驹不肯走出车厢。博士，您想当个作家，您就该知道这些情况，我给您把这张照片找来，送给您，在那张照片旁，在那篇报道里写着，当那匹小马驹不肯走出车厢时，赶牲口的人便在车上割掉它的舌头，当它还是不肯出来时，便在车厢里把它杀死了……博士，您是作家，所以我才把这些事儿告诉您，因为作家该知道一切。”卢德瓦说完，笑了笑，皱纹全跑到嘴巴四周去了。他有一双漂亮的蓝眼睛，当他这样笑的时候，眼睛上出现一个蓝点儿，在眼珠靠上一点的地方，让人觉得卢德瓦先生身上有点什么神圣的东西，就像我在大战结束时在教区牧师住宅当女厨和挤奶工的那个时候，从教堂里的便宜图片上看到的那样。“有时候，”卢德瓦先生摇摇头说，“有时候真让人受不了，甚至在这里也一样，安装了一条宰牛的新生产线，我还得在克拉德诺的屠宰场干半年。在我回到这儿，回到霍莱肖维采我的家之前，一条新的生产线就已经开始运转了。我们过去总是靠蒸汽，这里用的是一条新生产线，六头牛关在这么个大笼子里晕头晕脑的，要是还不行，我们就揍，我用棍棒挨个挨个地揍。我一揍，牛便倒在地上，那两个负责宰牛的，他们出去抽烟了，我正在抽打拴着的第十二头牛。您猜我看见什么啦？我原先揍得已经倒下的那些牛又站了起来，可那两位还在抽烟，而我却白揍了一通这些可怜的牛，我只好等他们抽完烟，重揍一通那些晕头晕脑的牛……博士，可是我们在波尔迪纳钢铁厂都看到过些什么经历过些什么呀？人被烧死、窒息、烫死……可是……”

他没说完，所有屠夫们又都站起来，大概是到了一个什么隆重的时刻。乐队奏起了迎宾曲，人们将一位围着白围裙的老太太带到栗子树下常客们坐着的那张桌子旁。这是老板娘，刚不久她还给我送来过一盘红焖牛肉，一小盘面包片，她先用抹布擦掉桌布上的面包渣，直视着我的眼睛微微一笑，因为她很有把握地认为她已尽力而为把那红焖牛肉烧得最为可口，她也一定认为我会爱吃……于是晚会主办人从啤酒龙头那边将老板也请了过来。卢德瓦先生挽着女招待的腰，接过她手中那一托盘啤酒，放到桌子上，然后领着她走到台上，那儿坐着老板和他太太……乐队奏起了铜号短乐曲。博士悄声对我说："在利本尼的所有饭店都这样，夫妇俩不能在一块儿工作，虽然都能在餐馆干活，但各在一个不同的餐馆。"

晚会主持人给这对老夫妇献了花。他们拥抱了一下，老板娘哭了。那个女招待，大概是她的女儿，没拿花，她怕耽误时间，啤酒泡沫会消失一光，便连忙回到托盘那儿，将它举到头上，四处分散啤酒去了。随后主持人讲了几句话。

我踮着满是尘土的鞋尖，望着这对布热冉卡夏日饭店昔日的主人，他们流着泪，苦笑着，眼睛望着地面，接受着一只只伸向他们的手和吻，然后又流一通眼泪、拥抱，客人们轮流着与他们握手拥抱。刹那间，我看到了我自己。那一次在火车站上，我刚二十岁，爸爸签了字，放弃对自己的木工厂的一切权利，放弃自己的一切财产，以便能得到一个让他能和我妈妈、我以及弟弟海尼一道离开这儿的许可证。我们站在车站上，开来一辆快车，我们都准备要上车了。随后来了一个人民委员会的公务员，他拿出一张纸来说，只让我的爸爸和妈妈到西德去，我和海尼必须留在这里，因为我们上的是捷克学校，是捷克斯洛伐克公民。……我父母坐着快车开走了，他们坐在窗口哭，我也哭着喊道："红十字会会把我们接到你们那里去的，别怕！"可是，从此以后我再也没见到爸爸，因为他中风死了……当我看到这对上了年纪的老板夫妇如何不得不离开他们在布热冉卡的饭店，如今如何在跟大家告别，从此客人们将再也见不到他们时，我想到的是这些。乐师们现在分成两部分：一部分留在老栗子树下，另一组拿着小号的人穿过公路，锃亮的乐器在公路那边的一条往上通向洋槐林子的小路上闪闪发光。所有的客人都很激动，连老板夫妇也站了起来。如今最隆重的时刻将要来到，整个晚会即将结束。连留在花园饭店的这一部分，望着公路那边小山坡上的洋槐林子、手指按在乐器上的乐师们也都安静下来。只听得公路上传来的汽车行驶声，拿着小号朝洋槐林子那边驶去的乐师们，开始吹奏一曲忧伤的歌"小姑娘送给我一个金戒指……"这时，公路那边的山坡又加进了一些刚才已经出列的乐师，他们也在吹奏着小号，这边停止，那边便开始，像这边喊话那边答。音乐穿过公路传到饭店，客人们听得十分感动，甚至比这些用音乐来对话的乐师，比今晚最后一次为客人服务的老板夫妇都更为感动。

老板娘走到我的桌子跟前，抚摸着我的手，凝视着我的眼睛问我说：

"吃好了吗？"

客人们站起身来，脸朝着公路的那一边举杯为隐没在槐树阴里的乐师干杯，高唱着："我为她献出了心……"

10

今天，我比平日早些离开了日什科夫住处。我那位大妈不答理我了。昨天夜里责备了我一大通。说我应该对她更多地表示感恩，说她为我干了多少多少事儿，说我黑着住在她这里，干活也是黑着干，说最主要的是当我有点空余的时间也不待在家里，好晚才回家；说我有些变了，越来越神气了，已经不去听她对我唠叨些什么，两眼盯着天花板，还面带笑容，真像我已经有了长期居留证，有了官方认可的在巴黎饭店工作的权利……

于是我进城去了。当我来到博士工作的所在地焦街 10 号门前，只走进通道几米远，便闻到一股废纸的臭味和潮气，墙面剥落，大块灰泥往下掉，大概是因为汽车开进开出震动的缘故。在院子里我看到了亮着的灯泡底下有一大堆废纸，那儿有两个敞着门的车库，车库里亮着灯，磅秤放在屋里，磅秤上方也吊着一个亮着的电灯泡。小学生们站在齐腰的废纸堆里，将一筐筐废纸或塑料袋倒到里面。如今有两个茨冈女人走进了通道，她们走路一摇一摆的，手里提着一包纸盖和踩扁了的纸盒子之类的东西，满得都露到了包皮布外边。我连忙退到墙边，往后还摔了一跤，我的心扑通跳了一下，我一直退到圣三位一体教堂的达德阿舍克圣人雕像下，这才稳住了神儿，安下心来。我低头打量了一下我的钉了绿扣子的漂亮衣裙，又健步迈了出去，总算增加了点儿勇气，我这双红高跟鞋总是给我以自信，我撑开阳伞，将它举在手里，果断地走出了教堂，一拐弯又进到了通道，一直走到敞开的大门那里。我从那里望见了一片荒凉景象：这可怕的一堆，这堆来自各类商店的五颜六色的废纸；我还看到那儿有一辆汽车，正在往后退。一名鬈发的男人背上轻松地背着好几包压紧的纸，转过身来。卸货工取下这些纸包，用膝盖顶着往外倒，将一个个纸包掏干净。一个戴着贝雷帽的男人穿过院子，这是个修着短胡须的胖子，像受罪似的迈着步……我感到恐惧，不禁又一次跑了出去，遇上好几辆儿童推车。我重又回到达德阿舍克圣人雕像这里……有好几个妇女站在这儿，望着这位圣人岩石雕成的脸。据说他有一种特殊的本领，只要经他在天上这么一说情，通常发生不了的事情也就可能发生……

我走到供下跪用的蒲团那儿，我周围和身后都有人在走来走去，我却开始了祈祷：

“圣人啊，替我说说情吧！让我如今能找到勇气进到这个院子里去。有一个我喜欢的人在那里干活，我只想去看看他。圣人啊，请你立即给我这种勇气，让我能走进去，并且表现得跟没进去一样自然，别像我现在这副吓得要死的模样。圣人啊，我只想去说一会儿话，只是去看上一眼，看看我想念的那个男人怎样在那里工作的……”

有个什么东西扎了一下我的后脑勺。回头一看，原来是博士站在这儿，他望着我，手里提着一个罐子，里面的啤酒泡沫直往外冒。他胳肢窝下面夹着一个采购提兜，兜里一张油乎乎的大纸包里面微微冒着热气。他穿着一双破鞋、一条牛仔裤和一件破衬衫，围着一块长围裙，头上的帽子推到了额后。

“真碰巧！快进来，到我们这儿看看吧！”

他大着嗓门儿喊着，微笑着，又补充了一句说：

“您知道什么叫碰巧吗？这是圣灵的另一个名字……当然，连掷骰子也免不了碰巧。来吧，只管来吧！让您参加一下我这美好的职业。”说着往前跨了一步，将采购包递给了我：

“小心！可别把您漂亮合体的衣服弄脏了！”

他回过头来，又微笑了一下。他对自己、对他这条围裙和帽子是如此的自信、骄傲。他回头看了我一眼，便走进了通道。他总是这样既不勉强，但又让你没法不跟他走。他又回过头来看看我，便又走进了院子。那个有顶棚的院子的墙上有一条大缝，白天的亮光和一点点空气都通过这条缝进到堆着废纸包的院子里。博士把一罐啤酒放下。司机微微弓着背在休息，他靠在一个纸包上，滴答着汗水的一撮鬈发耷拉在额头上。装卸工将一根粗绳甩到装纸包的汽车的另一边，用脚顶着纸包，勒紧绳索，然后打了个结，又将绳索在纸包上绕了一圈，再打上一个水手结，拉紧了。如今他便靠在纸包上休息，满脸通红，不是累的，似乎在儿时挨烫了脸，或者害了一种什么红脸的病……

“小伙子们，这是我的女朋友。”

他从我这儿拿走提包，在另一个纸包上摊开那还在冒着热气、已经切成一片片的烤肉卷。他让我吃，我拿了一片。后来司机也拿了一片，装卸工也吃了。大家都站在那儿吃，狼吞虎咽，一声不吭地埋头吃，吃了一片又来一片，烤肉卷几乎没有剩下，肯定有两公斤之多。

“主任，你也来吃点儿吧！”博士含着满嘴东西说，“这，是我的女朋友，她是来看望捷克斯洛伐克旅行社前社长的，你这位前社长每年要飞上五十次，如今一飞飞到废纸回收站来了，还算运气好，当了个主任。”

主任摘下帽子，朝我鞠了个躬，抓起一块烤肉卷来吃。

“糟糕得很哪，夫人，”主任说，“他们把我的一切，连采列特纳街上卡夫卡曾经住过的那栋楼房都拿走了，让我从这栋房子里搬了出来，可我还一直是它的主人。我原来住着的三层楼上，如今住着一个什么画家，二层楼上住着一个吃素的女人。这倒好，把我的房子拿走了，却让我当这房子的主人，一个没有住宅的房东。如今请您想象一下这蛮不讲理的事儿：他们把我叫到房管委员会，对我说：‘喂，快要举行全运会了，游行队伍要打您的房子那儿过，打您的采列特纳 3 号门前过。您最好是将您这栋 3 号楼房的正面墙修一修、补一补、粉刷粉刷。’我说：‘这个主意不错啊！你们干吧！’而他们，无理至极，说：‘这可不是我们的房子，您是房主。’我开始尖叫起来：‘房租又不归我拿。我作为房东将房租收上来交给了你们，到底谁是房主？’他们说：‘您呀！全运会的游行队伍将热热闹闹经过谁的楼房呀？经过您在采列特纳街的3号楼房！我们将用您的费用将这房子打扮一番。’他们竟对我说了这么一番话，还满腔热情哩！他们直奇怪我为什么不因为全运会的游行队伍要从我的房子门前过而感到兴奋，说要是用我的钱来给这座房子穿上节日盛装，这对我是一种荣幸。”

主任讲述着，手里还一直拿着那块热烤肉卷。如今肉也凉了。他看着我，我知道，博士向主任谈过我，主任根据他所谈的，已经知道我们家也曾有过十三间房，我小时候有过一个保姆，我们家有过厨娘和司机……主任对我鞠了个躬，将烤肉塞进嘴里，头向一边歪着，忧伤地走过院子来到磅秤那儿，挪动了一下游标，看了一眼刻度，喊道：

“八公斤……请倒到那一堆的顶上去吧！”

这三条汉子，肯定吃掉了一公斤烤肉，可还老是饿的，老是吃得津津有味。我也吃了三块，这味道的确妙不可言。这是那种普通的烤肉而不是高级烤肉，是那种两克朗就可买一百克的极一般的烤肉。我看到这帮男子汉的手很脏，从早起就这样脏，就像一个星期没洗过似的。博士说：“您一在这里洗手，只要您一开始洗，您的手就会开裂，裂得流出血来。我们总要到下班以后才洗手。再说，您见过茨冈小孩吗？简直脏得要命，可是我从没听说茨冈小孩因为脏而生病的。是不是这样，沃拉夫卡先生，日夫尼先生？”

司机和装卸工继续在吃，瞟了我一眼，便瞅着别处去了。大概因为要是看着我，就会倒胃口，不再吃下去……现在他们拿着啤酒罐，挨个儿轮着喝，眼睛斜望着别处，大概他们要是一看我，就会呛得咳起来，没法往下喝了……

“就是这么一回事。”博士说，“对不起！”说着他把头偏向一边，将食指关节按着一个鼻孔，将鼻涕擤到废纸堆里，然后换了一个鼻孔又这样擤着，擤完用袖子擦了擦鼻子，还心满意足地说：“咱有的是手帕！”

不管是装卸工还是司机都笑得咳嗽起来。博士接着说：

“大夫们一旦有了孩子，等到这些孩子一认得字了，这些大夫就在洗澡间的镜子上、厕所里、厨房里到处贴上字条让孩子时刻注意：洗手！别染上猩红热！冲完便池之后要洗手！以免得霍乱病、得白喉病！每天要漱口！每天要洗澡！清洁就是健康的一半！……到头来这种大夫的孩子不是患白喉病，就是出麻疹，得猩红热，得霍乱！”

一个穿工装裤的人走进了院子。鼻子有点儿弯，戴顶礼帽，走起路来像脚板扎了根刺似的，一只手插在兜里，另一只手很不满意地挥了一下。主任站在磅秤旁埋怨了几句：

“汉嘉，我的上帝，你得注意着点儿，你瞧瞧这可怕的一大堆！亨利赫①！”

可是汉嘉还是我行我素，挥了一下手，忙自己的事去了。

① 亨利赫是汉嘉的正名，汉嘉、英达拉是他的小名、昵称。

“亨利赫，”博士说着请他吃那渐渐凉了下来的烤肉，“从这儿拿吧！吃饱些！”可是这个又叫汉嘉、又名亨利赫、又叫英达拉的人站到我面前，鼻子有点儿弯，嘴巴周围一圈黄毛，仿佛刚吃过煮鸡蛋的蛋黄……“我一吃饱，我的脑子便充血，思想就不灵了……可是，博士，这是怎么回事？”

他指了一下我。

“这是我的女朋友。”博士说。

“我的上帝啊！那我们得欢迎一下了！这可是好事啊！这么说，您是……这个人的女朋友？”他还指着我，问了一句。

我点了点头。司机和装卸工已经慢悠悠地朝卡车那儿走去。他们向我点头示意告了个别。司机上了车，装卸工走进了通道，能模模糊糊地看到他的轮廓在指挥卡车，好让它在通道里能顺顺当当开出去。如今他的身影已在焦街的太阳底下闪烁着。日卡尼先生朝四下里看了看，点了点头，卡车开出了通道口，这儿那儿总免不了碰几下墙壁，但压紧的纸包基本完好，卡车拐了弯，装卸工开门跳进了驾驶室。汉嘉先生，也就是亨利赫抓着我的胳膊，我稍微闪开了一下，因为他嘴里散发出一股啤酒加奶酪的臭味，可是汉嘉先生却冲着我的耳朵嚷道：

“明天我给您捎来一些腌蘑菇，略表心意。不是什么牛肝菌，净是些桦菇和变形牛肝菌，还有醋浸泡的草菇。这是从莫辛采采来的。您知道这有名的莫辛采吗？查理四世在查理城堡追赶一匹马驹子，追到莫辛采的时候，它竟变成了一匹大马啦。博士，您知道我想起什么来了吗？实际上是他妈的那小子、查理四世[①]准备了胡斯[②]起义，那小子不仅修建了城市，还建了个查理城堡。博士，您该相信，一个国家里要是没有这么大的财富来挥霍，哪会有什么革命，哪会有什么起义啊?!也不会有什么理想。可最主要的是这些普通人能有机会捞一把。他们每夺取一座城市便烧杀抢劫、强奸妇女。全是那查理四世准备的这些盛事。您知道该是个什么样吗？当他们不受惩罚地夺取了修道院时，便强奸修女，杀戮僧侣，还把修道院烧掉了，您知道吗？这肯定让人们痛快了一番……您知道，当一个普通平民百姓把德国骑士从马背上拽下来，当他把这德国骑士的马连同鞍子缴获过来，当他竟然能捅死一个贵族，您知道他有多高兴吗？因为仅靠捞到的这套装备、这铠甲、这鞋子、这一切他就可以活到退休了……可我要是活在那个时代，那么我最喜爱的景象恐怕就得是着火的城市、焚烧的修道院、毁坏的教堂，这实际才是查理四世准备的我的一大快事。正是这个查理四世在查理城堡追赶一匹马驹，到了莫辛采就换成了大马一匹。小姐，我要捎给您的醋腌蘑菇就是从那个莫辛采采

---

① 查理四世（1316—1378），德意志帝国和波希米亚国王（1346—1378 年在位），神圣罗马帝国皇帝（1355 年登基）。当时最博学的君主，在他的统治下，布拉格变为神圣罗马帝国的政治、经济和文化中心，最后成为神圣罗马帝国的首都。

② 胡斯（Jan Hus，1369—1415），捷克宗教改革家，1411 年罗马帝国皇帝西克蒙特迫使教皇召开康斯坦茨会议，将胡斯判火刑烧死。追随胡斯宗教改革的思想者们组成胡斯军，多次击败十字军讨伐，经内部分裂与多次迫害，于 1620 年被天主教击败。

来的。”

“求上帝开恩，汉嘉，你去干点儿活吧！你快到地窖那儿干活去吧！你瞧瞧这一大堆纸！”主任一边诉苦，一边跪了下来求他，“我已经给你计算好了，你每天要能打十个包，我就心满意足了。”

“不，”汉嘉不服气地说，“我一天能干他二十包！您小看我了，主任，绝不止十个包。”他争辩道。

“你每天只要能打十个包也就够了。”主任坚持了一句，艰难地站起身来。因为磅秤旁边那些送来一袋袋纸的孩子们都在看着一个当领导的怎么跪在自己的职工、一个工人面前……汉嘉嘟囔了一句什么，走上车库旁的一个阶梯，他回了一下头，本想说点什么，可是两只手又使劲一甩，表示说什么也是多余的。他先往上走，听得见他的脚步声，后来又下楼到地窖里去了。直到这时，我才注意到在另一个车库那边有个老太太在踩纸，废纸放在一个像棺材的木箱里。她踩纸的时候，像在洗澡盆里一样两手扶着木箱边。出来的时候，先跨出一只脚，然后再跨第二只脚，站到这废纸山麓下，两手从顶到了天棚的纸堆里抱了一些废纸到木箱里，然后仍旧先是一只脚，接着第二只脚跨进木箱继续踩那废纸。她整个脑袋包在一块大头巾里，因为连我都冷得发抖，院子里的穿堂风大得连大纸堆都在晃动……

如今我见博士正从车库里的一堆废纸斜面拽出几本书，平装的，将它们的封面和白纸页扯下来放到木箱里。他弯着腰，帽子朝上翻着，又钻到木箱里去了。干活也不戴手套。我走进车库，弄不明白这人为什么要干这个工作，甚至还那么乐意干，像是要露一手似的，也许他认为在这废纸回收站他是最拔尖的。如今使劲伸直腰，看了我一会儿，我垂下了眼睑。博士走到一个旁边放了个大啤酒罐的纸包那儿，一手叉腰、一手端着啤酒罐便喝，喝了很长时间，等喝光了，拿着空罐子说："在这个院子里只有喝啤酒才能暖和点儿，喝茶根本不管用!"

然后他又因为有个什么想法而高兴开了!

"您看见那个女工吗？那个疲惫不堪的女工？她的确贫病交加，只因为她也被从别墅里撵了出来。这座别墅甚至还有个花园，她男人曾经是克拉德诺电缆厂的厂长，给关起来了，他曾经拥有生产电缆的五十个专利权，如今在监狱里给了他一个工作间、一块绘图板。在牢房里他又提出了一些合理化建议。而他太太如今在这里打废纸包，她活着只为等着她丈夫被释放出来，让他们重新一块儿住到玛申卡太太如今住的这座简易楼里去。"

这位太太大概听到了博士说的话，她抬起头来，脸上有了点儿光彩，扎着头巾的脸对我露出一丝微笑，一个老妇人孩子般的微笑。我向她鞠个躬，她也向我点点头。我从未想到这个女人曾经有过别墅、厨娘、司机和花园。可能真是这样，从她的眼神里可以看出来。她也马上察觉到，我们俩在这方面都彼此彼此。实际上我们所有在这院子里的人都不在自己原来待着的地方。我们处在从来没有想到过的境况之中，我们怎么也没想到过，会有如此下场。只有废纸回收站主任，尽管他如今在给废纸过磅，尽管他穿过院子去到他那间同样堆满了废纸的办公室，可他的头还是微微偏到一边，让每个人老远就能看到，他曾经是捷克斯洛伐克旅行社社长，他曾经住着采列特纳街整座3号楼房，四层楼的房子，明年全运会的游行队伍还将打那儿经过……“一部温柔而忧伤的启示录！”博士说着精神又来了，“我们根据自己的经历都能弄明白这些在文化上的革命，我们的有利之处在于我们的肉体没有像那些书一样被消灭掉。您只管瞧瞧看，我一天打上十包、二十包。这是如今不合时宜的书了。在我们这个废纸库里，还有‘流产了的’，整个一大捆一大捆的书还没被人读过，所有这些书都遇上了死神，而我却阴差阳错地来到了这些书旁边，而且还去把它们毁掉。这里有一些庙会上流行的小调，也有一些，已经没啥意思的东西，但有时也会有一些珍本，那些我便带回家去，或者跟汉嘉先生一道将它们卖到旧书店，换个点心、啤酒钱。您知道，我们如今生活在一个为过去而感到羞耻的时代，所以要千方百计抹掉这些痕迹，就像一个姑娘嫁给了另外一个人，要把原来恋人写给她的美丽情书烧掉一样……而我就是干的这个，这都通过我的手……实际上，我该为我这一职业而付钱，因为我总在这么想自己：我是一个作家，有朝一日我一定要写出这样一本书来，是整个的一部优美的启示录。只写这样一本，这里面不仅是我亲眼目睹的证据，而且将从事实中喷射出诗来。”

“我该走啦！”我呼了一口气说。

“等一等……这每天出现的大纸堆，这对我来说是一幅巨大的达达派拼画。施维特斯[①]这个汉诺威的德国人恐怕也会为这美丽而晕眩。他自己整个一生用这些纸拼成许多令人头晕目眩的、美丽的画图……而我如今就在这里，我害怕往那儿看，有时我想礼拜六礼拜天留在这里，一本接一本地誊抄这个堆里的书，可是我没有这力量这勇气和这股狂妄劲儿。这种抄写也非得有股狂妄劲儿不可。”

“我得走啦！”我呼了一口气说。

“再待一会儿！再待一会儿！您待在我这儿，便激发起我的思绪……直到现在我才明白为什么我在克拉德诺会无比地激动。我在那里干了四年，在那一堆堆曾经过期的废工具、机器和杂物旁边，简直像是在一座山麓脚下，我和屠夫卢德瓦将它们运到加料槽里，所有这一车车的原料消失在钢炉里熔化掉，就像这里这一包包废纸进到搅拌机里，使它重新造纸印成新书、新广告、新包装纸一样。这些废钢烂铁和生铁在钢炉里炼成钢锭，钢锭再变成钢块，钢块再变成通过工厂制成新机器、新设备的钢材。”

“我真的该走了……”我跨出了一步。

“再待一会儿，直到这一刹那我才明白，为什么我去推销那些服饰用品、那些玩具，从天使的头发到滋花[②]，从地板刷

---

① 施维特斯（Kurt Schwitters，1887—1948），德国达达派美术家和诗人。以擅长抽象派的拼贴画和雕塑品而闻名。

② 滋花，金属丝的一端有可燃物，点燃时滋出五彩火花。烟火的一种。

到睫毛钳，等等，这些破烂货，好几年我拖着两口箱子，提着这两箱乱七八糟的东西到所有杂货店、玩具店去，手里拿着这些东西向店铺老板们宣传介绍，让他们买这些东西，如付现金则打五折……我为什么一天二十次地打开这两口箱子，为这些老板当面演示呢？为什么我在旅馆里也打开这些装着没贴价钱标签的样品箱呢？因为这些小破烂总让我激动，就像钢铁厂的那些废铜烂铁曾让我激动，这里这些废纸让我激动一样……您跟我来！”

博士将手伸给我，领我沿着楼梯往上走，就像刚才汉嘉先生，也就是亨利赫、英达拉上楼一样。我们走到一条走廊上，然后博士又将我往下领到深深的暗黑地窖里。我紧紧抓着他的指头，他的手让我觉得挺舒服，我甚至轻轻地捏着他的手，他也捏着我的手。在机器轰隆响着的那下面，我闭上了眼睛，博士吻了我，久久地亲吻我，唯一的一个长长的吻……

门开了，在电灯泡的光亮下站着亨利赫，这汉嘉，他向我们鞠了一躬。

“上帝保佑你们，善良的人们！”他说。

博士领着我进了地窖，这里摆着一排排挤压得很紧的纸包，那儿有座纵向的压力机，压力机前面的纸堆已经顶着了天花板，天花板上方有个已被堵塞掉的通向院子的方孔。可是这纸山却已高到靠院子的天花板上的电灯泡那儿。废纸堆里小老鼠成群。这些纸都喷上了水，潮乎乎的，有股难闻的臭味。

汉嘉先生全身被汗水浸透站在那里，帽子扔在纸包上，有只老鼠在上面跳来蹦去。汉嘉先生的汗水从鼻子尖、下巴颏上滴下来，他望着地面，举起一只手说：

“我的一些念头只有在醉酒后的难受时刻才冒出来，通常在每天上午的十一点前后，然后就是在干着重活的时候。实际上所有的战争和战役，所有的革命，这对人们来说是千载难逢的事件！这种事件我们在一九四五年经历过了！革命、革命，这也叫革命，主要牵涉到财产和手无寸铁的人们。什么时候发生过这样的事：一个普通老百姓可以为所欲为到德国人房子里去拿东西？从他们的牲口棚里想牵走什么就牵走什么？从所有德国公司在布拉格、伊赫拉瓦和布尔诺的仓库里想拿什么就拿什么？一下子没有了天使，没有了穿着民族服装的德国女人，没有了疗养院的漂亮护士，统统贡献给了这一具有历史意义的瞬间，最后的一个德国人撤走，然后可就惨了那些被制服者！人们认为谁是通敌分子，便可以不受惩罚地将他宰了，博斯①的地狱和布莱乌凯尔那些谋杀新生儿的画面又复活了，因为德国人也曾欺凌过我们和其他民族，因此都在复仇的名义下进行，但一切又是以一种偶然事件的形式。因为对人来说，没有比被激怒起来，以伟大的历史的名义干恶事更美的了……当一个人依着他的激情想到什么就可以干什么，当谁也不去过问上苍，你可以睁眼看着德国贵族和资本家的庄园和旧家具在燃烧，当你可以成为火与血以及被允许的淫荡行为这部甜美启示

① 博斯（Hieronymus Bosch，约1450—1516），尼德兰中世纪晚期重要画家。

录的创造者，这是多么的美好啊！”

汉嘉发着宏论，微笑着，他的秃顶光芒四射，他觉得他的头上围着一圈光环，我没法离开，因为汉嘉所说，我都经历过。博士像一具蜡像一样愣着不动，汉嘉在继续他的讲话：

“就像帝国跨进苏联边境时，摆在他们面前的是火、火焰、残骸、燃烧着的城市和乡村、数百万尸体；等到时运一翻过来，红军面前便是战败者的废墟残骸，当红军跨过边境进到普鲁士和西里西亚时，摆在红军面前的、摆在他们每一个活着的士兵面前的是另一幅图景。他们享受着敌人被歼的快乐，德国城市与燃烧着的村庄的残骸越多，在通向柏林路上的尸体越多，历史便更明显地证明，谁是胜利者，谁更棒……而最后一件盛事是攻克柏林，这个冒着烟的城市没有留下一栋房子，我真希望当时在场看着那士兵怎样爬到帝国国会楼顶将那面红旗插到上面……然后就是‘乌拉！’声，再后是敞开被夺取的所有德国房子的门，所有酒厂、所有卧室、所有地窖，然后便只有报复，不是以牙还牙，以眼还眼，而是以整个颚骨来还一颗牙，以一双眼睛来还一只眼睛……您知道这一切都是谁的过错吗？”

汉嘉快乐地问道。

“谁？那个混蛋小子查理四世，他建起了德国的富裕城市、豪华修道院，这个王八蛋小子不仅准备了胡斯革命，而且准备了这个第二次世界大战。因为德国国会[①]使旧帝国也垮掉

① 指希特勒制造所谓“国会纵火案”挑起战争。

了，查理四世还在里面当过德国皇帝、罗马皇帝，他的帝国直到现在多亏红军才垮台……嗨嗨嗨，黑格尔写到查理四世时，说他是封建主，是王位上最后一位宇宙神教信徒[①]。把希特勒与这个帝国等同起来了……如今博士以为，我的晕酒劲儿已经过去，我现在说点儿快活的事儿。”汉嘉先生将身体重心换到另一条腿上，撑腰和撑废纸包的手也调换了一下，笑了笑说：

“战后一个月的时候，已经是一片欢声笑语，我住着的那地方樱桃也熟了。来了一群红军士兵想吃樱桃，就像在战争中习惯的那样，他们撞倒了篱笆，折断了整个树枝，又吃又笑的好不快活……主人来了，他是位画家，正扛着一架梯子走过来，向他们解释说他费了多大的工夫才把这棵樱桃树培植出来，他对他们讲俄语，还往沙土上画给他们看这棵树是怎么长大的。士兵们没有再吃下去，几乎哭了起来，他们骂自己是畜生，竟然忍心摧残这么漂亮的一棵树……可是画家教授又安慰他们说，已经毁坏的没法弥补了，说这里有架梯子，你们爬上去想摘多少就摘多少吧！还让他们明天再来……而他们，在离开之前对画家许诺说，他们将重重地报答他。后来好久没有来，直到两个星期之后，跑来了他们中间的一个，笑容满面的。画家正在院子里，这士兵将一张报纸包着的什么给了他，笑了笑就骑马走了……画家在太阳下打开那报纸包的小纸包，里面是几对沾了一点儿血迹的耳环，大概是从某些个女人的耳

① 此处原为德文。

朵上硬拽下来的。这简直是一笔财富。因为一共有六对。”

汉嘉轻声地说完了，博士站在他面前，汉嘉嘴巴边的一圈胡须上沾着一些小小的面包渣，博士无缘无故捡起那些碎渣吃掉了……

我恶心得要吐，说：

“我真的该走了……”

11

莉莎往我上班的地方打了整整一个星期的电话，要我宽宏大量别不理她。说他们星期六星期天要到摩拉维亚去扫墓，让我去他们家，说因为有一条名叫波比的公狗在他们家已经两个星期了。它的那些母狗太太们都留在奥地利一个什么地方，再也不会回来了，说人家把波比送给他们养，别无他法，因为莉莎喜欢狗，而这条狗又那么可爱，连博士都爱上了它，带着它上饭店……让我睡到他们家去，莉莎求我行行好，只需带着它遛一遛，给它吃饱就行……

于是我便来到了利本尼。我一大早就去了，很准时，我的确看到一条从未见到过的漂亮狗，我们立即成了朋友，我甚至为莉莎求我到这儿来感到高兴。莉莎和乌利提了那么多包儿往汽车上装。我有一点儿愣了，他们别不是预先约好了上维也纳去，莫不会在那儿留下来，让我跟这波比留在这儿？……末了，还是与我告别走了。波比在路灯下站了一会儿，当我蹲到它跟前时，它舔了舔我，叫了几声，跑进了过道。布朗诺娃太太又在用水桶打水浇地板，她抚摸了一下波比说：“这是一条很漂亮的狗，是吧?”斯拉维切克先生从那边楼梯上走下来，手里领着一个胆怯的小男孩，后面跟着一个小女孩。他们对我微笑着打了个招呼，还抚摸了一下波比。等他们走到院子里，布朗诺娃太太往这三人脚下泼了三桶水，他们顺势跳过去勉强躲开了。那位仍旧穿着粉红短裤和戴着同样颜色胸罩的爱干净的太太嘟哝了一句：“你们就不能注意着点儿吗?”

波比跑进院子后，径直往洗衣房奔去，在那里欢叫了一阵。博士光着膀子从洗衣房走了出来，手里抓着一块毛巾挡在胸前，波比冲着他一个劲儿地叫着，博士弯下腰去，闭上眼睛，因为波比正在跟他亲热，舔着他。当博士一看到我，不禁一惊，捏在手里的毛巾差点儿没掉下来。坐在外廊上那半截墙围着的厕所里的斯拉维切克太太探出上身和头来说：

“博士，您怎么一点儿也不知道害臊?我的孩子刚不久还打这儿过哩!”博士辩解说：“我没全裸着，太太。我知道什么合适什么不合适，这个教养我还是有的。”然后转过脸来悄声对我说，“您得留在这儿照看这条狗，他们给了您钥匙，是吧?”“给了。莉莎是我的朋友，您不是也有他们家的钥匙吗?您不是五年来每天晚上都上他们家去，也是他们的朋友吗?难道不是?”“是，我喜欢莉莎，还是原来那个样子。可是乌利，跟我的关系刚走得近一点儿……他曾经穿着斯拉夫民族服装、披着服饰缎带，参加民间骑马节。他从来连一个德文字也不会，如今对他来说，德国人就好像高于一切[①]……不过，我要去游泳了，但不是去伏尔塔瓦河，而是去拉贝河。您跟我一块儿去好吗？”

“我得照看这狗呀！”我说。

“让布朗诺娃太太代看一下吧，她爱它爱得不行。您先带它去遛一遛，我去穿衣服，刮胡子……您上去吧。它的颈索套挂在那儿。”

“哪儿？”我问。

“您到那里自然就会知道，别担心！”

斯拉维切克太太从楼上厕所里起身，大摇大摆走出来，穿上那条温贝尔式[②]的大裤子，解下裙子，对我微微一笑，而对博士龇牙咧嘴地叽里咕噜埋怨了几句什么，砰的一声把房门关上。

我使劲用膝盖顶着去开旋转楼梯口的门，到第三下才打开，迎门吹来一股充满霉臭潮湿味的凉风，波比朝下跑去，正在对布朗诺娃太太述说些什么。太太抚摸着它，对它轻声说了些充满爱意的话。我走进外廊，然后走进莉莎的房里。波比跑过来，冲着挂在墙上的红颈套和红绳索直蹦直汪汪。我放下自己的手提包，这一瞬间我脸红了，因为我实际上估计会跟博士到一个什么地方去游泳，我不仅带上了抹了猪油的面包片，还带了两包炸猪排和烤肉，尤其让我感到脸红的是，在我的手提

① “高于一切”原为德语。

② 捷克地区温贝尔具有民族特色的大裤子。

包里还有一瓶啤酒。当我弯下腰来给波比上那漂亮的颈索时，我热得只好用胳膊肘来擦额上的汗珠。因为我已意识到，不仅博士，而且这座楼里所有的人都知道，莉莎和乌利之所以要离开这儿，目的只是能让我住在这儿，照看和喂养波比，甚至莉莎只是为了能让我而不是任何别人，让我和博士在他们不在家里，到摩拉维亚扫墓的这两天里照看这条狗，她才借了波比来。波比抬起头，友好地叫了几声，跑到外廊上，又跑回来，等我也来到外廊时，它便匆匆跑下楼梯，又跑上来，蹦跳着，表示它看到我要带它出去，有多么高兴。我锁上门，只见波比已在下面舔着亲着那位爱干净的太太……“我说啊，”那位太太说，“我说这条狗真美，喂，待会儿我给你们照看这条狗吧，免得它在外面万一跑丢了……我这里还给博士留了两小平锅吃的。我的上帝，让他吃了吧，要不然波比就要把它享用光了，对吧，小波比？我在汉堡当了二十年女招待，那时候我也有过这么一条狗……”接着又将已经装满的一桶水泼在石板地上，用稻秆儿扫帚将水扫进下水道。

我穿着高跟鞋跨过这个大水洼，波比等在对面过道上汪汪直叫，它转过脸来对着我，又对着门把手叫起来。当我小心地打开门，波比跑出过道叫了几声，我给它套上红颈圈绳索，它在我前面碎步小跑着，昂着小脑袋，很得意；我骄傲地领着它，因为它有着一套漂亮的红颈索，跟我的红高跟鞋、红伞一样，我笑了笑，不禁淌下了眼泪。我又不知不觉回想起了过去，我们家也养过几条狗，爸爸为他的狗感到骄傲，我之所以常常带着它们出去遛弯，是因为爸爸很爱这些狗，它们跟波比一样是纯种狗。波比的主人跑到西方去了，他们将它留在这里，为的是让我领着它到堤坝巷去散步，让人们都回头看它，又一次证明我们的穿戴是多么相配。我高兴地跳起来，来了三步波尔卡，波比按着我的节拍叫了几声，甚至有位老太太停下步来对我说："我们也有过这么一条狗。它死的时候，我们哭得好伤心啊！我们那条可爱的狗死了，是英国种，专抓水獭的。它的性格可好哩，要是哪只强壮的水獭先抓住了它，把它往水里拖时，我们的狗就一直摇着尾巴，直到水獭将它淹到水里。年轻的太太，没错，是淹没到水里。"老太太点着头，我对她微笑着，也点了点头。然后便横过卢德米娜街道。于是我和波比来到铁路那儿，朝铁路栏路杆那儿走去，再往前便到了那条上午很热闹的赫拉夫尼街。我健步而行，波比在我身旁碎步碎步赶着。波比的红索套和我的红鞋竟使行人跳到人行道边沿给我们让道，凡是与我们擦肩而过的人都要回过头来看看我们，而我却装成一副心事重重的表情，好像在考虑什么非常严肃的事情。我走路的那副架势，仿佛不只是我在漫步，而且还有雪糕般的波比或者巴黎的奶油蛋糕。从"泉源"洋货铺走出一个年轻姑娘，脸蛋儿像木偶，浓妆艳抹得跟马戏团小丑一样。这姑娘先看了波比一眼，然后又瞅了我一下，见她抚摸着波比，我便说：

"这是一条英国种的狗，这种狗在那里是捕捉水獭的，它有个好脾气，当……"

可是，这个有着一张木偶脸的女孩却对我扮了个怪相，大声笑着说："请您告诉博士，我奶奶，也就是他的房东给他带个口信，博士已经欠了半年房租！三百克朗①。"

我说："您干吗要对我说？您为什么不亲自去对博士说？什么三百克朗！"

我耸了一下肩膀，脸都红了。我领着波比继续走过赫拉夫尼街，我们俩仍然是大家注意的中心。我一边走着一边想着那个有木偶脸的女孩，为什么要在大街上来这么一招？她本来可以在24号里面对我说呀！难道是我欠了房租？是我还是博士？这一刹那我想起了莉莎那间小房，里面有张床，那里有扇门，关着的门，门那边就住着乌利的姑姑，她的孙女儿常上她那里去，刚才这个女孩就是她的孙女儿。我看到了那扇门，莉莎的床就挡在那里。今天我看到那张床，不禁脸红了，因为这张床今天早上就铺好了，这倒没关系，可这张床早上换了干净床单，这也不要紧；可是在铺好的干净被子上面放了一套干净的维也纳睡衣，是为我准备的。这一下我的脸红得更厉害了，我跺了一下脚，把波比吓了一跳。博士会怎样想我呢？他也有这套房间的钥匙。他有这房间的钥匙，而我却在这里睡觉，在这里为我准备好了一切，连肥皂和干净毛巾都有。我心跳，血流速度加快得让我不得不停下步来……简直是个陷阱，让我和博士在这里睡觉，然后就万事大吉了，因为这一来我就变成那位

① "三百克朗"几个字原为德文。

老太太称呼我的“年轻的太太”，我在堤坝巷就会有个住处，接着就可能有个长期的职业……可，我要是不这样做呢？我身上的另一个声音问道。因为我也有一点儿像我妈。她是个奥地利区林务主任的女儿，她不仅固执，而且不信邪，她能无原无故将一切都撂到一边不在乎，甚至还偏要反其道而行之。当她还是个小姑娘时，每天都上教堂去做祈祷，可是希特勒一来，她便坐车到维也纳去一睹他的风采，从此把他当成她的上帝，直到一九四五年五月最后的一天为止……难道我就没有权利倾听和按照我的另一个声音去行事？这声音对我说：对，让一切该怎么发生就怎么发生，听任我的命运吧！

波比已经到了大门口，它在那儿蹲着，对着门把手汪汪叫，于是我们走了进去。波比直朝布朗诺娃太太奔去。布朗诺娃太太坐在椅子上读着《星期六见！》而正好赶在星期六。波比将头放在她的两条大胖腿之间，甜滋滋地闭上了眼睛。我将它的红套索递给布朗诺娃太太说：“那好吧，谢谢您帮着照看一下，您说得对，我们肯定会把它忘在什么地方的。”

爱干净的太太的厚片眼镜滑到了鼻尖上，她用湿润的眼睛望着我微笑着说：“可不能丢啊！”

博士从楼梯上走下来，他停下步，掏出袖珍镜，照了照自己，用指头整理了一下额头上的头发。爱干净的太太和蔼地说：“帅小伙子，还一直是个帅小伙子！”我立即跑到莉莎住家的楼上，打开门，经过她的小厨房走进小房间，没错！在靠着关死的门的那面粉刷得雪白的墙壁旁，摆着一张铺好了干净卧具的床，对，我没弄错，一套维也纳睡衣。我拿起手提包，当我走到外廊时，看见洗手池上挂着一块干净毛巾，摆着没有用过的新肥皂。我站在那儿，觉得好笑，耸一下肩膀，又有什么办法呢？一切都像在《被出卖的新嫁娘》[①] 里一样，整个楼房、整个巴黎饭店，所有认识我的人都把我看成了一位快要结婚的新娘，凭什么我自己就不能把自己看成一位新娘呢，特别是在博士每两周举行一次家庭聚会的这栋楼房里……

等我关上门，我的红高跟鞋吧嗒吧嗒踩着楼梯往下走时，波比的嘴巴还一直插在布朗诺娃太太的两腿之间，两眼盯着她的眼睛，摇着尾巴，仿佛水底下有一只比它强壮的水獭在拽它。我高兴地瞅了一眼博士，他正在等待着我的目光，可又立即垂下了眼睑，如今轮到他在脸红了。我们就这样站在大水洼中，不过上午的太阳很快就把它晒干了。爱干净的太太布朗诺娃看见博士脸红了，叹了一口气，摆了一下手……

于是我们便并排走在堤坝巷里，博士的头发梳得整整齐齐，他穿了件浅色开口毛衣，灰色长裤，走得比我快一点儿，甚至走到了我前头，仿佛我们要去赶火车，可是他又总是等着我赶上他，于是我们又并排走一会儿，可是他突然又加快脚步，弄得我也拐了两下脚，穿着高跟鞋，脚关节喀嚓响了一下。“这个，”博士指着一个信箱说，“这可是一个出了名的信箱，我曾经看到它钉到墙上去的第一天，有个盲人打这儿经

---

① 捷克著名音乐家斯美塔纳（1824—1884）所创作的一部歌剧。

过，他按照平常习惯了的那么走，额头撞在这个铁皮邮箱的角上，顿时鲜血直流，后来他拿着他那根盲人棍，狠狠地抽了这信箱两下。您在听我说话吗？您在看我吗？我每次跟您走在一起时，您自己也听到了看到了，我的话真多，有理无理总说个没完……大概因为，您不怎么讲话，您只是忠实的听众……唉，那个乌利啊，那汉子，穿上斯拉夫民族服装可真叫帅，可他却非常不喜欢犹太人，我说呀，他恨犹太人恨得也好比瞎了眼睛撞在邮箱上。他曾打赌说德国人会赢，结果他们跟犹太人的位置来了个大调个儿，跟您自己知道的那样。这个乌利啊！莉莎曾经是党员，她被关进牢里，不过结果总算还好。您该知道，德国人一到哪里不仅把所有的犹太人而且将所有的共产党人都抓起来，枪毙掉……可是乌利却在这里，他姑姑这里。她是我们的房东，我一直还欠着她的房租哩！在这楼里的凉台上有过一只大鸟笼子，里面关着一只名叫乐利奇卡的八哥，有一百三十岁了。是在维也纳教育出来的，所以只会讲德语，它一早起来便自己说‘乐利奇卡又美丽又乖巧！’①。战后一个月的时候，乌利写好了一封信，乐利奇卡照常蹲在他的肩膀上。乌利出了门，拿着这封信朝这个邮箱走来，当他将信丢进邮箱里之后，捶了几下这铁皮邮箱，乐利奇卡便叫开了：‘一、二、三！皇帝驾到！’②。正逢中午，满街是人，这时候，人们都听

---

① 原为德文。
② 原为德文。

到了这一德国口令，乌利吓得跑到我们楼的过道上，还带着那八哥乐利奇卡。唉，这乌利呀！要是个 Love story[①] 也好啊！可是跟莉莎的婚礼又偏偏定在这个时候：海德里希被刺，四万多捷克人因此而以同意暗杀的罪名遭处决……而他，这个‘雄鹰’体协会员非跟这莉莎结婚不可，准是因为坚信帝国必胜的缘故，可他连做梦也没想到，帝国还能被打败。”

我耸了一下肩膀，直到现在我才认识到，实际上博士说得对。我还回忆起，在保护国时期，乌利和莉莎常坐在我们家，连那些军人、党卫军人也坐在我们家，乌利一个德文字也不识，却专心致志地听着他们讲话，莉莎轻声地为他翻译，无论是那些军人还是那些纳粹党人直到最后一刻都相信帝国必胜，说是因为希特勒有秘密武器……

我们沿着铁路线在迈步。刚开过一列火车，街上满是蒸汽和褐色烟雾，我们站在一座二楼上有个长外廊的楼房前面。篱笆上搭着被褥，一些胖女人正靠着栏杆站在那里。我们等到蒸汽烟雾消退之后才继续往前走。这座楼房下面有十扇门，楼上也是十扇门。所有住房都是通过这种门的背面嵌着柜子的门走进去的。所有窗户和这些门都大敞开着。老人们或坐在门前或靠在栏杆上，一个个表情庄重，就像在萨扎瓦[②]那一带的人一样，靠在高挂于闪闪发亮的河流上方的农舍外廊栏杆上。只不

① Love story，英语，爱情故事。
② 捷克境内的一条河。

过如今这里净是烟雾吹到铁路栏路杆那边，再从那里刮到利本尼火车站，或者落到铁路旁的灌木丛中。当烟雾飞扬或爬行于地面，我们仍旧站在这些住着奇怪居民的奇怪房子门前。他们仍然在望着铁路，望着我们，仍旧乐呵呵的，仿佛一排正在观看一场精彩好戏的观众，又好像热特维街上的节日游行队伍的观众。

“这是工人宿舍，”博士说，“这里曾经住着纺织厂工人，这些工人一直住在这儿，谁若死了，便没人再想住进去，搬进这些空房里去的人只有……咱们到院子里去瞧瞧吧，还有时间。”

博士拐进了一扇拱门，这扇门已经破烂不堪。我们来到庭院里，庭院里有一排房子，更加破烂，凉台靠柱子和方梁支撑着，墙壁灰泥剥落得很难看，然而坐在它们门前椅子上的人们却穿着周末盛装，在阴凉下面望着太阳，望着那座漆成红色的水泵，望着院子对面的那一排板棚，有十来间用板条钉成的一模一样的小板棚，这些板棚也敞着门，里面有些小木工台，神情专注的老人们在鼓捣个什么，又是锉又是磨的，在装配一个什么。而在水泵旁的青草地上有些茨冈孩子在玩耍，他们的服装五颜六色，这些孩子在阳光照耀下宝石般地闪烁着光芒，直到在这里我才注意到所有的茨冈孩子都有着很漂亮的头发、眼睛和脸蛋儿，他们不管穿什么都好看，尽管几乎每个小孩的鼻子底下都挂着“面条”……

后来我们来到热特维街上。沿着铁路线走的时候，博士老爱走到我前面去，他快得让我追不上他，到后来我有意放慢了步伐，好让博士转过身来等等我，直到我撵上他，或者他又走回到我身边。他一走到我前头，我便看到他的两条弯腿，像足球运动员那样。他一转过身来，便猜到我在打量他什么，他显得有点儿不好意思，便说：

“这两条腿还勉强过得去，更让我伤脑筋的是我老掉头发。三十岁以前我的头发浓密得几乎没法梳理。我不得不倒些油到头发上，以便于梳理，而且用的是根刷。我的头发曾经是栗色的，额头上那一撮还卷着波浪……这么美丽的开始，却落得个如今这样的结果。”

“每个人都该是什么样就是什么样。”我说。

我们走过紧挨着铁道栏道木的那条大道，大道旁边便是火车站、石灰和水泥仓库。阳光下的石灰像春雪般莹白。

我们走进了紧挨着煤仓、煤块和褐煤堆旁的火车站。博士买了票，我们便站在站台上等候。透过敞开的办公室门可以看到桌上摆着的电讯器材，里面机器隆隆作响的大柜子。车站值班员跑出来，放下站内闭塞杠，然后立在站台上，旅客们涌到站台边。火车进站了，蒸汽机头，烟雾滚滚，轻轻落到旅客身上。等火车停住时，看得出来里面挤得水泄不通，旅客们站到了车厢过道上，他们挤得连手都耷拉到小窗口外了。一会儿，从火车上挤出两个女列车员，利本尼车站上的乘客一拥而上，推着挤着上火车。只听得整个火车里都在叫嚷着：“快进到单间里去！”

博士登上火车的阶梯，可只上了一级便挤不动了。他喊了一声："请打开厕所门！"这样我总算上了火车，上了这列旅行特快车，紧挨着博士站在厕所里。窗子还是关着的。我害怕瞅那肮脏的便池，小窗还开着……博士紧挨着我站着，两手撑着小窗，我的脸对着他，他搂着我，我们就这样去郊游了。我不知道去哪儿，只知道和博士挨得很近，像跳舞时那样。我将手抬起来，肘弯挂着我的小提包，手掌搁在博士的锁骨上，于是我们的脸也挨在一起了。火车一开动，我看见它的滚滚烟雾撒在铁路栏路杆两旁大道中的人流上，渐渐地这大道便在烟雾中消失。火车艰难地开动着，蒸汽放得更多，呼呼响遍调车场。这蒸汽加重了降落的烟雾气味。我双手抓着博士，在这烟尘和蒸汽中天色渐渐变暗，我们仿佛驶进了维尔士东站……然后是信号机打出信号，烟雾升起，从小窗口可以看到那工人宿舍的外廊，老太太靠在被褥上，好奇地看着我们的火车。有的坐在栏杆旁，两手搭挂在栏杆上，仿佛已经脱离了他们的躯体……随后火车徐徐开动，已经能看得见利本尼靠铁路沿线的街道，开着大门的纳鲁什古小饭馆，然后是地道。随后火车越开越快，我从来没见到利本尼周围还有这么多美丽的小山坡，山坡上、果林中、灌木丛里这儿那儿露出一座座小别墅屋顶，到处都是人，闪现着他们五彩缤纷的衬衣汗衫，不时还能见到躺椅，人们穿着游泳衣、运动短裤和日光浴衣在晒太阳……

"这叫小树林。"博士对着我的耳朵轻声说。

"是吗？"我抬起眼睛，挨得那么近地看着他剃得干干净净的下巴，感觉到了他的呼吸。

“而这里名叫科德拉斯卡……现在我们要经过罗基特卡，”博士对我耳语说，嘴唇挨在我的耳垂上。我们不得已被挤进这个可怕的厕所里，铁轨上的风从便池的活门口吹了进来。这真够美的！随后火车驶过煤气库，煤气库后面延伸着山脉和悬崖，紧靠铁路旁的山坡上有条小路，走在这条小路上的人们和孩子们一道停下脚步，他们都穿着节日盛装，瞧着我们这列超载火车。火车各小台阶上站着一位列车员，手扶铁栅栏。火车进站了，那儿又有好几十位旅客在等着。火车一停，照样响起一阵喊叫声，列车员挨个车厢地跑着，催促旅客进到单间里去，说否则的话火车只能老停在这维索昌尼了……可是乘客们是去郊游的，天气又那么好，整个车厢洋溢着欢快的叫喊声，整个车厢挤满了彩色衬衫、运动汗衫、手提包。我突然愣了，心想要是有人要上厕所，万一有人肚子不好要拉稀怎么办？那不将是我幸福的终结吗？本来厕所里只有我和博士两人啊！顶多可以还有半个人，那也只是有人将一条腿站在里面，手抓着厕所门而已。火车又开动了，一抽一抽地慢慢开动了，晃动得使我们彼此挤得更紧。我搂着博士，我的腿和肚子都碰着他了。他也跟我一样。我们互相抓着手、抓着胳膊，仿佛在跳波尔卡或华尔兹。从窗口我们看到火车正在白桦树林中穿行，林中草地上、毯子上躺着年轻的妈妈带着孩子。然后我们经过一座砖厂，接着又是小树林，这里那里躺着的大人和小孩。被粪便弄脏的便池敞着盖，从便池下面敞着的口子可以看到渐渐朝后远去的枕木，沾着油的碎石以及水珠凝成的雾气。火车一停下，人们便往外挤，从小窗口往外递行李递小孩，站在厕所里的那条腿也小心翼翼地抽走，厕所门上的手指也散开了。厕所门已关上，只有我们俩待在里面，我们继续这样互相抓着、拥抱着，紧紧地拥抱着，仿佛在跳波尔卡和华尔兹……

“我和您在一起总觉得很舒畅。”博士悄声对我说。

“我也一样。”我说。

“我，跟您在一起时，就像您没在我身旁似的，”他喃喃地说。

“我不懂这意思，”我说，“但我理解。”

“总而言之，跟您在一起我觉得很自在……您要是住到我那里去呢？你知道，我只有一间房，可是那房间里有扇门，可以通到另一间房，跟我那一间一样大小，等于镜子里反映出来的一样。共一个走廊。院子里有个公共厕所，这也蛮不错嘛，每当下雨天，您就只好赤着脚到院子里去上厕所。还有，院子里的洗衣房里还有一间洗澡房，那里有很棒的木盆可供我们洗澡；还有，您自己也看到了，屋顶上还有个平台，我只需要再给您锯一把椅子就是了。”博士一个劲儿地说着，他的嘴唇都碰着了我的耳朵。我闭着眼睛，点着头，就像听着教堂里的连祷文一样，我重复着：是……是……是……

接着响起了敲厕所门的声音。随即而来的是捅钥匙孔的声音，门开了，列车员站在我们面前，她生气地喊道：“查票，请拿出来！……”最主要的是，车厢、走廊，甚至单间里都有空位子，“把这个厕所腾出来。听见没有？”

“好，请吧！”我第一个走了出来，博士也紧跟着我走了出来。我们两人都脸红了。但不是因为耻辱，而是因为这种毫无疑问对于我，也许也对于博士来说，在这个此刻好比忏悔室的臭烘烘的厕所里所遇上的幸福。当旅客们看到我们带着厕所里特有的杂酚皂液味在他们周围穿行时，都厌恶地躲开了。我只是非常非常惋惜自己不能跟博士在那里待得更长久更长久些……

12

后来我们在一个小站下了车。博士显得格外温情和激动，他环顾了一下这火车站，犹豫不决地站在车站办公室门前，办公室旁边是一间破屋，车站值班员①走进来，发出火车进站信号。从机车那边，一名身穿铁路制服的女职工推着一辆装着包裹和捆扎着箱子的手推车走过来，她一见到博士，高兴得将手推车一放，热情地拥抱了博士，调度员发出了出站信号，这就是我们乘坐来的那辆车出站。车站女职工亲一下博士。从轨道那儿回来的值班员走进办公室打了个电话，然后又走出来。他很年轻，穿双黄皮鞋，制服上面翻出衬衫领子。

“值班员先生，”女职工喊道，“这位是我们在保护国时期一起工作过的列车调度员先生，这就是德国人曾经想要枪毙的

---

① 火车小站的值班员，往往一个人把信号员、调度员、巡察员、发送员等的活儿都包了。

那个人。”可是那位年轻的值班员只耸一下肩膀便走进他的办公室去了。车站女职工回到她的手推车旁，博士抢前走到她前面推着车子朝仓库走去。看来他似乎把我忘了，我跟在他后面。女职工卸下包裹及带子捆着的箱包。这时，博士指着我说：“这是我的女朋友……这位太太，我们曾经一块儿在这里工作过。不过，我问您，站长后来怎么样了？”女职工将手伸给我，微微蹲了一下，施了个屈膝礼。看得出来，她一直还很漂亮，想当初，十一年前准是非常美丽的，即使现在也有点儿像圣母玛利亚。她冲着博士微笑。博士正递给我一把椅子，自己却坐在手推车上。

这位女职工理了一下博士的头发说：

“您这是怎么回事啊，头发掉得这么厉害？您问普罗戈普怎么样了？您最好别问，革命后他立刻被关了起来，不过什么事也没出，后来还在边境哪个地方干过一段，就直接退休了。他是受过专业训练的啊！……可是，博士，您是怎么回事儿，您都有点儿秃顶啦！……”她打量了一下博士的头发，又瞅了瞅我，对我解释说：那时候，站长先生还在乌斯津—杰钦车站当值班员，爱上了一位德国姑娘，并娶了她。那个时候的习惯还是：德国人常去捷克饭馆吃饭，捷克人常去德国饭馆吃饭，他们唱一支捷克歌之后便唱一支德国歌。捷克人用德文唱，德国人用捷文唱。可是后来出了个亨莱恩[①]，这一切便结束了……可是我们的站长太太把我们弄糊涂了，希特勒成了她的上帝。站长调到我们站，我们便多了个心眼儿，因为站长先生也站在德国人一边。他们有个女儿，是个希特勒崇拜者，当希特勒战胜了波兰，后来又打败了法国时，他们这一顿欢呼啊！当希特勒后来向俄国人进攻，我们在站长先生面前也不得不小心点儿。可是！后来，来了个斯大林格勒！在这个战役之前在这儿二楼上三天两头杀猪宴庆，在站长先生家成天唱歌、欢呼。可是之后，来了个斯大林格勒大战，站长太太把自己的皮大衣捐到前线也没帮上她的忙。站长先生则变得谨慎一些，德国人在斯大林格勒吃了败仗之后，站长先生开始连夜里都到站上办公室来，也到扳道工和信号员中交谈前线形势，已经不再听帝国广播，而听英国的了；只有站长太太仍然那么死心眼儿，她女儿也一样。可是您来到这个站上当调度员时，已是战争快结束的时候。站长先生知道，战争的结果会是怎么样的，唯独站长太太还始终认为德国人会最后得胜，因为希特勒有秘密武器……可是，博士，您这是怎么啦？怎么一只眼睛低一些？”女职工关心地望着博士，又用手在他眼前晃了几下，后

---

① 亨莱恩（Konrad Henlein，1898—1945），苏台德德意志人，1933 年为苏台德德意志祖国阵线领袖，1938 年 4 月要求苏台德德意志人住区实行自治，当年会见希特勒，随后要求将该区划归德国。捷克政府下令取缔他的政党，他逃往德国，成立苏台德德意志人自由军，在德捷边境地区进行破坏活动，当慕尼黑会议决定把苏台德划给德国时，德国政府任命他为这一地区的长官。第二次世界大战结束时，他被盟国拘留，自杀身亡。

来又为自己这种做法略微吓了一跳，不好意思地笑了笑。车站值班员从办公室里走出来，站在轨道旁，一列货车隆隆响着开过火车站，值班员盯着它开走了。他然后走回来，只听得他在值班小屋里扳动信号杆的声音。博士站起身来，望着这列渐渐远去的货车背影，神情凝重而严肃。随即坐到手推车上，用挪动了位置的那只眼睛望着地面上的尘埃说："这是我最美好的梦想啊！我老觉得，我仍旧穿着一身漂亮的制服、擦亮的黑皮鞋、短上衣一直扣到脖子根儿……我站在那儿，快车、客车和开往前线的、严密注视下的军运列车都从我车站过。我负责过调度，开、关过信号机，我坐过电话机电报机叮零响的办公室，炉子里火焰熊熊，您往里面添柴，总是面带笑容，即使在我的梦里您也是微笑的。您知道吗，要是我有来世，我愿意终生当个车站值班员，然后当个小站的站长。不过站长先生对我还真不错，我几乎吃掉了他一整只猪。"

那位女职工补充说："可不是吗，不过这只是因为，那个时候他患胆囊炎，肝也有病，而他太太又吃不下饭，因为德国人在布达佩斯、在沃拉吉斯拉夫都吃了败仗！"

博士看了我一眼，我真的第一次注意到，他真有一只眼睛低一些，就像有些军官曾经坐在我们家，谈到他们在前线的经历时的那样，也像那位相貌像白兰度的冯·诺登将军那样，那一位还曾经推着我在一架花园大秋千上荡过哩！当我的手紧紧抓住秋千上的链子时，他的指头还触着我的手哩！他也有一只眼睛低一点儿，他也像博士一样，仿佛总在梦幻中，心不在焉，仿佛在看着远处什么地方，望着久远的过去。……

“对，”博士说，“德国人在布勒斯劳[①]一吃败仗，站长便杀了一头猪，到处送肉，他本来很爱吃的后腿，可是如今也吃不下了。于是他已经成了习惯，每当晚上我来上夜班，我便听到他从他房子里走下楼来，给我端来一大碟肉，半公斤猪肉片，用油嫩炸的，旁边还放了几片洋葱。他身上系了一块围裙，一块屠夫常围的那种白围裙，给我端来他自己享用不了的这美味。他将椅背转到他前面，下巴颏顶住他在椅子背上交叉的十指上，望着我如何津津有味地吃着这热烫的嫩炸肉片。他一直这么看着我，实际上我是在替他吃肉，我吃了仿佛就是他吃了。整整一个月我每天晚上都这么吃。站长先生一碟又一碟地给我端来，直到我把那两大蹄髈都替他吃完为止……后来，前线离我们更近，连奥斯特拉发[②]也丢了。有一天夜里，楼上站长家亮了灯。他太太和女儿来回走着，然后将她们的箱子提下楼。站长太太脸色苍白，哭个不止，我帮她们将箱子装到野战医院的快车上，从此以后就再也没有见到过她们了。”

“可是博士，您说什么呀？”女职工挑明了说，“那茜尔达已经不是什么小女孩，而是一位小姐了，她那时已经十六岁……您不知道？得了吧，她不是爱上您了吗？爱得多深啊！而站长先生为您烧肉也只是为了给您壮胆，有一回您还上了楼

---

① 波兰境内。

② 捷克城市。

梯到他们家去找茜尔达哩!”

博士脸红了，他大声喊道：“可我那时候根本不可能上楼去，那时候我根本不可能和站长太太坐到一块儿，因为她到最后一刹那都相信德国人会打赢这一仗，说他们有秘密武器……当时集中营关满了人，我怎么会有这么大的心思去跟一个德国女人谈情说爱呢？我知道，茜尔达常下楼来，常在这部电报机旁坐着。我常去火车那儿，她在读《少年维特的烦恼》，我知道她那时十六岁，长得美丽，我低头操作电报机的时候，她坐在那儿，在那灯光暗淡、电报声嘀嗒中，好几次被她芳香的金发耀花了我的眼睛……这浅色头发的茜尔达现在大概在做什么呢?”

“在荷兰某个地方，嫁到了那里。可是博士，宁城开来的客车快到站了，我得到闷罐子车厢那里去一趟。您等等我，咱们再聊聊……”

“不啦，”博士说，“我下次再来。”

女职工将她粗糙的手伸给我，冲我微笑，她的脸上已有不少皱纹，但仍然很漂亮，抹着口红，穿着干净的制服，如今她又关心地望着博士，她不是梳理博士的头发，而是用手抹去他额上的烦恼，这大概是只有她才懂得的一种烦恼。

“我的老调度员先生啊，您比以前老了，变得严肃多了。您发生了什么事？什么事啊?”她又将手放在博士眼前晃了晃。他的那双眼睛正凝视着远处。一只眼睛总低一点儿。

客车已开始进站，女职工推着小车飞快地走出行李库，小轮子一颠一颠地驶过轨道，等火车停下来。小推车停在公务车厢旁，在敞着门的闷罐货车厢上站着一名穿铁路制服的男职工，他向车站值班员和女职工行了个举手礼。博士苦笑了一下，也举了一下手。女职工将三个包裹放到手推车上，然后向博士挥手致意。我走在博士后面，他如今显得有点儿驼背。在车站办公室窗前停了步，望着那儿，手搭凉棚，以便看得更清楚些。他看着那张放电报机的长桌子。他一转过身来，我便看到，他仿佛见到了茜尔达那位浅黄头发的姑娘，那位当时只有十六岁、常跑到办公室来坐着读《少年维特的烦恼》的姑娘。他看到的茜尔达，当时装做在看书，其实她没在看书，而在细听那电报、电话的声音，特别是年轻的列车调度员的脚步声。当年他大概头发浓密，相当英俊。她就像我曾经在我家那间大餐厅里装做读书一样，对面坐着冯·诺登，那位最年轻的军官。他望着我，我却垂下眼睑装做看书，我当时大概像茜尔达那样，在细听着每一点音响，热血直往上涌……

正在执勤的车站值班员如今站在小台阶上，再迈一步，也许就进了办公室，可他犹豫了一下，仿佛被什么逼着回过头来说："您不想进办公室去看看吗？从您最后离开到现在，什么变化也没有。"

"没变化，或者说有？"博士笑了笑说，"可能我会昏倒过去。德国人在这里曾两次要毙掉我，有一次我已经上了机车，我感到那枪已经顶在我背上，过了罗兹科希，那枪口才离开我的后背，那党卫军的指挥官用下巴示意我下机车去……"博士痛苦地叙述着，他不是对着车站值班员，而是看着我在说话。我不禁脸红了，尖叫了一声……可是那时我才十六岁啊！这能怪我吗？

车站值班员仍然站在第一级台阶上，又邀请了一次博士进办公室去看一看，说从那时起办公室的确没有什么变化……“还是有变化啊！”博士说，“在我服务的那个时候，有一次，我的制服上只有一颗扣子没扣上，交通检查员下了火车，我站在月台上，黑皮鞋擦得锃亮，检查员当着大家的面，亲自帮我扣上了那颗扣子。”

值班员站在第一级台阶上，打量了一下自己穿着的黄皮鞋，然后伸手去摸他敞着没有扣的蓝扣子，耸了耸肩膀，走进办公室。

“可惜那一回没把您毙了。”他说。

车站楼角上方挂着大钟，我们从它下面走过，绕过毁坏了的篱笆，沿着随便扔在地上的铁轨和横七竖八的器械，穿过一条老菩提树林荫道，走进一家古色古香的二层楼饭馆。

我们穿过门洞，又到了太阳底下，然后沿着一座座建筑走过整个村庄。我们瞅了一眼曾几何时大门威武，引以为荣，而如今已被毁坏的庄园，想当年，它的门柱还以两个石膏狮子作为装饰，现如今它院子里的仓库已倒塌，墙上的太阳钟却仍在闪闪发光。博士挥了一下手，拐进一条小巷，那里有三座小房子，有座房子旁停着一辆小汽车，一个年轻人在用合成洗涤剂洗车身，用海绵刷从桶里吸些肥皂水，从汽车上流着一细道脏水，房子后面摆着两架卸下了轮子的生了锈的播种机……

"的确，可惜那时没能把我枪毙掉，"博士重复这句话，"不过也好，我们在这里停了一下，我从来都不知道，我为什么……"

接着来的便只是一条长长的田间小道，然后我们走在长着一排老苹果树的水渠边，踩了一脚烂泥，这是拖拉机轮胎从庄稼地里带上来的。博士发火了："还说不能按老样子生活，我住在啤酒厂的那个时候，农夫从啤酒厂后的地里开出拖拉机之前，总要先把轮子上的泥巴刮下来扔回地里，然后驶在公路上的大车便总能保持干净。"随后从老远的地方传来一阵钟声。博士老是跑到我的前面等着我，或者走回来迎我，我则穿着高跟鞋继续小心翼翼地走着，小手提包显得越来越重，我的高跟鞋一步一响地敲打在沙石地上。博士没头没脑地对我说：

"我的朋友马利斯科、诗人，您会认识他的，他总想有间工作室，他花了约一万克朗，于是得到一间工作室，一家废弃了的小店铺的房证。我们来到一张放下的卷窗门前，马利斯科拿着这间店铺的房证和钥匙，等我们喝完一小瓶啤酒后，马利斯科打开卷窗门的锁，我将门往上一推，卷窗门哐啷响着缩进了夹墙里。我们往店铺橱窗、往关着的玻璃门里一瞅，只见橱窗里面有两张床，一张床上躺着个摊开两条腿的男人，在门里有个柜子。原来是隔壁住着的一名厨师打通了墙，扩充了一间房。因为他有三个孩子。当马利斯科给他房证看时，他还骂马利斯科是违反公益的房屋强占者。……我想，在我们利本尼，我们要是偷偷打通隔壁住房的墙，我们的境况就会跟那个厨师一样。您明白吗?”

他站在我面前，每当我赶上他，他就退着走，两眼凝视着我，我清楚地看到他的眼睛一高一低。

接着，我们走在太阳下，从远处飘来一阵水香，随即我们朝着一排白杨树走去，紧接着便见到一条宁静的小河。我们站定了一会儿，瞭望河对岸的小村庄，然后我朝下走到渡口处，那里有一座小桥和一条拴在一根粗缆绳上的平板船，缆绳则紧紧拴在河对岸的一个支架上，艄公在岸上躺着，帽子扣在脸上。岸上放牧着三只羊，它们悠闲自在地吃着草，下巴一抖一抖的。博士将手伸给我，领我上了小船，把我安顿在后边椅子上。我坐下来，甜滋滋地呼一口气。我的脚已经有点儿疼了，我将手提包放在身旁。博士将它拿起来，随即挨着我坐下，将小提包放在他膝上，于是我们便并排坐着了，在小站上的逗留，在那里所听到的一切让我目瞪口呆，情绪全乱了。后来艄公醒过来，将我们送到河对岸。我望着奔流的河水，心中泛起一丝忧愁。我们朝着一座小发电站走去，水声哗啦，朝上喷射，形成一根小水柱，水柱中间的风儿将水珠碎花带到远处。我们走在这水雾之中，太阳显得朦胧暗淡。随后，我们沿着紧靠河边的休闲小木舍朝前走，每所小木舍都敞着门，从小厨房里散发出午餐的香味儿，我们还看到身穿游泳衣的小屋的主人们，他们有的已在河的下游游泳，有的躺在小柳树、灌木林中的毯子上。水波聚集的河湾堆起了层层细沙。我们来到一个带有沙滩浴场的河湾，朝下走向河边，换上游泳衣便痛痛快快地游起来。游累了之后便胃口极好地吃掉带来的面包夹炸排，喝了不冷不热的啤酒，然后便躺着晒太阳，听得见远处孩子们的喊叫声、喷水声，渐渐地我便闭上眼睛睡着了。后来慢慢苏醒，一睁开眼，只见博士在我身旁，面前烧着一团篝火，水面刮来的风吹得火苗东摇西晃。博士在烤手，现在他站起身，到河岸上捡些被水冲到岸边的干枯树枝。我有点儿累、有点儿忧伤。后来我们又游了一会儿，再游了一会儿，小篝火烤暖了我们的手和脚，我感到很舒服，朝博士微微一笑，感到很幸福。因为博士什么也没说，我觉得，博士很策略，他喜欢我，而默默不语。他完全可以说上点什么，或对我唠叨点什么，说明什么是正确的，也许会使我更加忧伤。因为对于博士来说，我也是个德裔女子。于是我没头没脑地说了句："可是博士，我上的是捷克学校呀！我的家人作为德意志人被迁到西方去了，可是我却留在了这里呀！因为我上的是捷克学校，跟我弟弟海尼一样，就因为我们上的是捷克学校才给我们捷克斯洛伐克国籍，所以我现在才坐在这里呀……"

博士俯身对着我，将手指挡在我的嘴唇上，我闭上眼睛，他吻我，随后跪在沙滩上，又亲吻了我。他接着仰天躺着，手抬到脑后，凝视着天空。我便俯身于他，贴近他的脸亲吻他，他的双手搂住了我，我们久久地亲吻着，一次又一次地……我们就这样躺在柳树灌木中，太阳落到橡树林后面去了。我们坐起来，望着黄昏中被微风吹得飘飘拂拂的木炭火光。然后我们换上衣服，我们吃光剩下的面包夹猪排，喝完了已经有些凉的啤酒。博士用沙子将篝火熄灭掉。然后我们起步，但没往回走，而是走进村庄。迎面而来的是一道明亮的弧光灯，后来我们便同几十位郊游者站在一块儿等车。开来一辆公共汽车，我俩又并排坐着，博士搂着我的腰，我睡着了。等我一觉醒来，脑袋枕在他肩上，车子朝布拉格城郊驶去。我疲倦极了，眼睛睁开一会儿，立刻又睡着了。仿佛我在发烧，渐渐睡去，然后又慢慢醒来；仿佛我失去了知觉，又慢慢恢复了知觉，脑子里的画面在反复调换，还同黑暗中利本尼街道的画面搅和在一起……博士挽着我的手下了车，很快我就看见了那盏煤气路灯。我们刚一抓起门把，波比便在院子里快乐地叫起来。我们一打开门，它便跑来迎接我们，又是叫又是跳的，过了好一阵才平静下来。然后我们进到院子里，贝朗诺娃太太已经躺在床上看书，隔着玻璃窗对我们喊道：

“波比棒极了。我还带它出去散了步。它的绳套挂在博士的门把上。”

博士生起炉子，天气够凉的。我拿起一个大罐子，给波比套上它的颈索。我脸有些发烫，博士晒黑了，他那只低一点儿的眼睛，比在河边显得更低了。我端着罐子来到小院里，波比已跑到通街的大门那儿，然后又走回来，就像博士在乡间小路上来回等我那样。当我沿着灯光明亮的窗户走过的时候，在一个伸手可触到的窗口那儿，只见贝朗诺娃太太的眼镜架在鼻头上，喊道：

“瞧那波比多高兴！等您打了啤酒回来就去躺下吧！广播

里说了，今晚有暴风雨，晴天转地磁性暴风雨，所以我干脆躺下了……您知道，我也出生在苏台德，我也受不了这天气……”她仰着脖子，眼镜片闪着光。我已经走到过道上，波比已经钻到了门外。我们一道跌跌撞撞走在街上，从鲁德米纳街蹿出一个人来，头发浅黄，一撮卷毛耷拉到眼睛里，原来是个醉汉。从这条街又蹿出个人来，是我们认得的那个茨冈女人，追赶着这个男人，举起足可擂死一匹马的重拳往他背上捶去，他急匆匆往前跑时，漂亮的头发富有弹性地跳动着。那茨冈女人对我说：“太太，您看见了吧！这就是我的宝贝丈夫。赌了两天彩票，钱都打水漂了，全没了！”

后来我走进瓦尼什达酒店，波比抢先跑到过道上，小酒吧就在过道里，那里站着好几个男子汉，穿得整齐漂亮，喝着啤酒，酒杯放在门洞角落的一张桌子上。玻璃窗口里面有位胖老板在给人斟酒，这里那里开着通向雅座单间的门，半明半暗的过道传来谈话声和光亮，男人们走到院子里去上厕所，有些客人走到门前才穿上外衣，其中一位大声嚷道：“这是博士的那条狗！”接着踉踉跄跄继续走他的路。酒店老板一接下啤酒罐，便满意地点点头说：“这是博士的罐子！”他在玻璃橱窗里面微微蹲下一点儿，以便看清楚我，我也这么蹲低些好让他看得更清楚。当我们这么半蹲着四目相遇时，我对瓦尼什达先生吐了一下舌头，他不禁笑了。他正要将啤酒罐递给我，可又不得不放下。从酒柜那边走来一个脸色苍白的年轻人，对酒店老板说：“喂，拉嘉，我喝了六大杯，给我记上账吧！”老板笑着走出酒柜玻璃橱窗，从后裤兜里掏出一个小本本，笑了笑，翻了一下账目之后，将这笔赊账添了上去，微笑着对那客人一鞠躬，客人踉踉跄跄撞出了门，醉醺醺地朝右拐去。

酒店老板如今一脸严肃，拿着这个账本一直走到这位客人刚从这儿出去的门边，冲着这扇门喊道："他妈的个土匪！酒倒是会喝，可是付起钱来就费劲了！"然后走回来，生气地瞪着眼睛，对我解释说："您看，这里是四百，这里我还说不出名字，这里又是二百五十克朗，等等，"然后又冲着大门嚷道，"这帮他妈的土匪，就会喝个烂醉，可是花谁的钱啊？我的！"我接下啤酒罐，正要为三公升啤酒付钱，酒店老板却摇摇头，翻开一页账单，在上面添了个数字说："行啦行啦，博士是我的常客，这是一位难得的好客人啊！"一位手里端着酒杯的先生，将脚跟一并，举了一下酒杯说，"我是邮政局长，我亲自给博士送信和明信片，为您的健康干杯！"又并了一下脚跟，喝光了杯中酒。

我提着啤酒回来，走进我们那座楼时，只见贝朗诺娃太太的房间已经关灯，这位爱干净的太太大概已经睡了。我迈着沉重的步子走上楼梯，仿佛我早就是住在这里的人。楼上斯拉维切克家的窗子敞着，他的太太和孩子们在喃喃细语，整个一家人都已躺在床上，黑着灯在叽叽喳喳谈论着一天来他们感兴趣的事，使他惊喜、激动和生气的事儿。我透过里面吊着文竹、两边嵌着镜子的窗口见博士坐在炉前，低着头，两肘拄在膝盖上，两手托着下巴在沉思。车站女职工说得对，他从我一个月前见到他擦地板的时候起逐渐变老了、变忧郁了，好像有些苦恼，他望着远处，心不在焉。如今将手伸到口袋里，掏出一面椭圆小镜子，从小镜所能照见的各个角度打量着自己，大概他自己也不满意自己那副模样。他大叫了一声，打开炉盖，将小镜子扔进火里。波比汪汪叫了。

随后我走进来，将啤酒罐放到桌子上。博士伸出双手来取罐子，端起来便喝了好半天，然后将罐子递给我，我也空着肚子喝了个够。啤酒从我嘴边流下来，一直淌到胸口上。博士简直等不及了，如今又轮到他来喝上好半天。然后放下啤酒罐，朝我一笑。彼此伸直躺在地毯上，深深地叹了一口气。然后我们吃着平底锅里的炸猪肉，喝着啤酒，俩人都默默不语。博士喝了些啤酒之后变得年轻了些。我却觉得啤酒在往我脑袋里冲。等我们喝完了这一罐，我又出去买了三公升啤酒，等我回来时，窗户已经关上，波比睡着了。我们又接着喝啤酒、吃炸肉。我们用刀子切下一小块，狼吞虎咽地吃着喝着。博士铺好了床，等到我们把啤酒喝完，周身都是啤酒味儿时，博士关上吊灯，牵着我的手，将我领到他床上。生铁炉灶面上的铁板反光晃眼，我一身的啤酒香味儿，博士俯身于我，也是啤酒香味四散，我们柔情地爱着，一次又一次地……我只听到我的心在跳，感觉到我怎样在散发着啤酒香味儿，我的情郎在怎样散发着啤酒香味儿。我仿佛在啤酒池里游泳，在一个巨大的皮尔森啤酒槽里游泳，就这样，我在男人的拥抱中渐渐入睡，沉沉地睡着了，我的头枕在他稍微弯曲的胳膊上，就这样睡了。我第一次醒来时，我的脚碰到一个什么毛茸茸的东西，原来是波比，它钻到了我们床上，便成了我在这栋房子里婚事的第一位见证……后来，只听得楼下那位爱干净的太太一声可怕的尖叫，那是在下面。而上面，那铺好的床铺、干净的维也纳睡衣、干净的毛巾和香喷喷的、谁也没有用过的香皂却在徒劳地等着我……

13

这个夏天格外热，我和博士常去游泳。有一次去到贝龙卡河与伏尔塔瓦河交汇处，后来又去过流入拉贝河的伊兹尔。博士总要去拾些小木头和干树枝来，在小河岸边生一堆篝火，小小的篝火。我们通常泡在水里的时间很长，这小篝火正烧得是时候。这段时间我们常常带波比同来，它也爱游泳，也爱待在篝火旁边。这条狗简直像是我们的孩子。博士不断地往火里添柴，这个时候谁也不能同他说话，这些篝火对他来说好比一场弥撒，就像水对他来说的意义一样。博士压根儿不能见到水，我们不管在什么地方，他总要捧一捧水浇到脸上。他慢慢地捧着这水，扣在脸上，眼睛闭着，就像他眯着眼睛看火那样闭着。博士不能看到水，即使在布拉格宫的水池那里，他也要去捧些水来洗脸，在旧城广场那个小水池那儿，他也这么做。他常常满头是水地继续往前走着，还美滋滋的。这水在他脸上慢慢干掉，这水将他的睫毛粘在一起，烈日又将他的脸晒干。

每逢星期六或星期天，我们便乘车出去郊游，去游泳。在平常日子里，博士等着我下午下班，或者我到利本尼去找他，然后一道去伏尔塔瓦河的马宁纳河堤那儿。那里沿河长着白杨树和灌木丛，那里延伸着铁路轨道，那里下午阳光明媚。我在这儿最为惬意了。小台阶一直往下通到河湾，我常在这里坐着，太阳透过我的裙子从下面反射出光芒。我从台阶一级级走下来，坐下，河水波光粼粼，映射着我的眼睛。我或者看书，或者破解纵横字谜，波比就坐在我身旁……博士在那边那些老白杨树下拾树枝，又生起他的那堆小篝火，又是那么持久地、惊讶地凝视着那噼啪直响的火堆。然后就在这令人恶心的水里游泳。有时我也下去游。这水里漂浮着屠宰场清除的废渣、垃圾，有时还有避孕套。有一次博士从水里出来时，甚至有个避孕套挂在他的耳朵上，他把这恶心的东西扔了，但并不很生气，只是像扔掉一根橄榄枝似的。河岸上长着许多橄榄树，每当橄榄树开花时，博士总要采一些，放到自己的内衣里、床上。他还对我说，明年橄榄树开花时，我们要采好多好多，夹到我们的内衣里、五斗橱里。博士对我的态度，直像我们早就是一家人，结婚好几年了。他在凝视着火的时候，总是求我别说话，一句话也别跟他说；有时他突然想进城，看到喷水池或者别的什么水池，他就说得去池边洗脸……

这一天很热，我们坐在河堤上，太阳下山了，天气闷热得厉害，从河里吹来一阵风，小篝火音调悦耳地燃烧着，不时发出一声长长的怨诉和呻吟。我们坐在台阶上，静静地望着流淌着的河水，小篝火在我身后噼啪作响，我两手扶着膝盖，想起了博士在利本尼的那间住房，怎么可能呢，从我第一次到这个小院子里那一天起已经很久了，直到现在我才注意到博士房间的墙壁上挂着的那些旧广告，在床铺上方横挂着一块洋铁皮，上面有："让他去感到害臊吧！他就是那个不知道飞机为何物的人。"还有一个大广告："老的金子价钱最高！"那小院里还挂了一幅宣传辛格乐芙牌缝纫机的广告，这牌子的第一个字是绿色的，一个赛采赛风格的姑娘正在踏着这架辛格乐芙牌缝纫机；在院子里的爬山虎枝上用铁丝拴了一块真人面具模，面具上交叉缠着铁丝，像缠一个裂了缝的粗陶罐子。还有一幅广告上写的是："你需知道艾戈牌巧克力的味道好极了！"我第一次到博士这里来的时候，甚至没注意到那儿有个大柜子，我的第一个印象是当时博士在刷地板，把什么都搬到了房子外面……我就这样坐在薄暮之中，眼看着暴风雨即将降临。要是在平时，我肯定在暴风雨到来之前便已跑掉，可是在这儿有博士坐在我身边，他无忧无虑地在望着篝火，他并不是不知道暴风雨将要来临，他明明知道，只是他在仔细体味我们相识以来的一切，话也说不利落了。这是一个美好的下午，可是博士已经停止说话，因为他也跟贝朗诺娃太太一样是个天气预报器，他也能提前预料天气变化，因为当暴风雨来临之前他的脑袋里就像钉进了一颗钉子那样疼，他曾经觉得特别好笑似的跟我谈过他这毛病，像他的朋友沃拉吉米尔总觉得有颗钉子扎进了脑袋一样疼。他的这位朋友只曾经有过一次朝窗口看了我一眼，向我问了个好，称我"年轻的太太"……当我请他进来，说博士一会儿就来时，他没有进来，以后就再没来过，我还没有见过这么帅的男人，跟美国篮球运动员那么高，也跟排球运动员那么一样英俊，一头鬈发，他大概在吃我的醋，斜着眼睛看我，他之所以转身就走大概只是因为那颗钉子又在开始扎他的脑袋，或者那颗钉子一直在他的脑袋里……我坐在薄暮之中，博士开始结结巴巴地述说："我们从学校里一出来，每一，喏，每一天，我每一天都要跑到一家杂货店去……叫什么来着？诺瓦克杂货店……常常，飘来一些广告，啊，是广告传单吧？当我……啊，这太幸运了……我们把这些……他妈的，什么来着？对，小广告贴到本子上……"

他沿台阶往下跑向映在河里的暮色暗黑的天空，接着说："那段时光真美好啊！……小广告传单……那些做买卖的小伙子们，能写会算……有人来买东西，他们便将一小张广告放到那些装面包、黄油、面粉、罂粟花子的采购提兜里……后来我又跟爸爸骑着摩托车到各个小饭馆去，爸爸给他们做……叫什么来着？啊！做账报税，迎面而来的全是洋铁皮广告牌：辛格乐芙牌打字……不对，缝纫机……斯皮德维油……发动机油……如果是油，那就得用摩古尔牌……"

我坐在已经很暗的黄昏中，我看见太阳早已下山，利本尼的桥上亮起了灯，行驶着浅黄灯光的电车。行驶着电车的整座桥都映在暗黑的河面上。布拉格那边某个地方闪了一下电，随后响起一阵雷声。我坐在那里，也没有因为我刚才回忆了一遍博士住房里、院子里挂着的广告牌，而他又无缘无故地向我谈起了广告这一不谋而合感到惊讶……

“我上大学的时候，坐着车去……他妈的怎么说来着？啊，去听讲座……在维索昌尼……我坐的火车……我乘的那辆火车……在那儿停了……在一片屋顶的那一边，我看见一块又大又高的招牌‘美丽’，每个字母有五米高……还是透明的，在黑暗中闪烁发光的‘美丽’两个大字……于是我便驶进了美丽的布拉格……我，跟个国王一样……到后来，我才知道……这是一家旅馆……不错，是旅馆的名字，‘美丽旅馆’！拉吉斯拉夫·克利曼①曾经在这里住过……一九四八年之后，这家按小时计费的旅馆倒闭了……于是，我们几个同学曾想装扮成工人……去把屋顶上竖着的那块大招牌取下来，这块牌子耸立在维索昌尼上空……从克莱伊查克……从布拉夏奇卡……从哈耶克……和什洛斯贝克都能看得见这块大招牌……我们还商定每个人留下一个字母……五米高的一个字母……可是等我们去到那里……那已经无美可言了……人们在我们去之前一天已经取下了那些字母……它们送进了废品站……不会是一般的下雨，会打雷，会有一场暴雨……我知道。”

起风了。我们朝桥上的亮光走去。电车在桥上哐当穿行。我们手拉着手，沿着小路上了桥。当我们从桥上经过时，河面掀起了风浪，冲击猛烈。我们挽着腰，走进了利本尼区。强风

---

① 拉·克利曼（Ladislav Klíma，1878—1928），捷克哲学家、评论家。他的激进主观唯心论与叔本华、尼采相近。他的主要作品有《世界即知觉和无》，是赫拉巴尔最喜欢的哲学家之一。

劲吹，将堆积在马尼内、卡尔林河港的一切脏乱垃圾卷起，废纸、树枝、破纸盒子满天飞，在暗黑的天空中只见破布烂条在桥上飞舞，随即卷进庭院、车库中。狂风刮起的沙子、炉渣抽打着我们的脸。我们互相抓得牢牢的，博士头顶着风，兴奋已极。风力时而减弱，博士拽着我，准备再次去顶撞那犹如紧闭的大门一样的狂风，我们终于过了桥。赫拉夫尼街上嘀嘀嗒嗒掉了几粒雨点，高杆上的路灯被吹得呼呼尖叫。行人们从人行道的右边跑到左边。亮着灯的电车叮零当啷朝下驶去。河上的大风将好几桶废纸垃圾刮进了赫拉夫尼街。店铺已关门，只有橱窗里的灯还通明透亮。我们拐到了堤坝巷，弓着身子顶着大风，煤气路灯被风刮得像松动了的假牙哐当直响。我们溜进过道，博士领着我踮着脚尖打爱干净的太太的窗下经过，她不在家。院子里到处一片漆黑，斯拉维切克家黑着灯，莉莎家黑着灯。博士打开自家的门，我们溜进房里，他又连忙划了根火柴，点燃了早就准备好的揉皱了的报纸和碎木片，打开了窗子……

我沉思着站在窗前，在我身后，生铁炉子里火焰熊熊燃烧。在我前面，是吊在银烛台上的文竹和小蔓藤的半明半暗的轮廓。雷鸣电闪，真美！身后炉火正旺，身前雷电时隐时现，我从来没有这么激动过。每闪一次电，那文竹便闪烁一次、发一次银光，且在两个窗户之间的镜子里再现一次；每闪一次电，辛格乐芙缝纫机广告也被照亮一次，挂在爬山虎藤缠着的铁丝上的博士那个面具也闪现一次。这是沃拉吉米尔给他做的，这爬山虎仿佛是博士被撩开的鬈发。我觉得那面具在微笑。这个面具比这位还活着的博士更像他本人，比跟我站在一起，跟我凝视着同一个地方的博士更像他本人……在这一刹那，重得能听见响声的雨点落到院子里，仿佛在下冰雹，随后开始下雨，然后是闪电，接着便是劈头盖脸的瓢泼大雨。从院子里吹进博士房里的暖空气一下子变凉了，随之而来的这倾盆大雨，如同好几个洗澡喷头集中在一起往地上喷水。不多一会儿小院便积满了水，下水道来不及吞下这汹涌的水流。博士往炉子里添了些柴，打开了小炉门。如今我朝上看，发现这个房间的天花板是拱形的，我第一次注意到炉膛的火焰如何照亮着天花板。后来我不禁吓得往旁边一蹦，因为狂风冰雹抽打着隔壁研究所的墙壁，墙上仅剩的灰泥块全都掉了下来，狠狠砸在板棚的斜屋顶上，如同土疙瘩掉在尚未封坑的棺材上。下水管道呼哧地响着，来不及吞下从天而降的这么多雨水。博士在我身后伸了个懒腰，舒服得叫出了声，然后干脆冲着天花板叫了一声，重又伸了一次懒腰，发出一声舒坦的叫声，然后乐呵呵地对我说："我看到最漂亮的广告是马利斯科先生定做的那一个，在斯达罗马克长街上，法费特先生开了一家药品杂货店，他还给它专门取了个名字叫'法费特妙药'。他想给这妙药店做个广告，便托马利斯科先生去帮他操办。马利斯科花了两百克朗给美术学院三年级一个学生下了订单，这学生名叫阿尔比赫，他完全是根据法费特先生的要求来设计的……"

院子里的水已经涨到通向洗衣房的第一级台阶。又一次闪电一裂口，博士头顶上那颗从头顶一直钉到嘴巴那儿的钉子便不取自拔了。原被钉子扎住的舌头如今抬了起来。他欢呼着，在房间里踱步，讲话的兴致特别高，倒不是他所讲的内容使他那么兴奋，而是因为他如今的思想又活跃起来，舌头不能表达他的思想流了。博士就像刚才那下水管道来不及吞下那滚滚而来的水流一样，他简直在欢呼：

“有一天，当法费特先生拉开橱窗上的卷帘，我们便看到在橱窗正面挂着一幅标语，这是由美术学院三年级学生米兰·阿尔比赫先生用美术字写就并加以装饰的一幅广告标语：‘使用法费特妙药，从此摆脱贫穷与烦恼。’那里还挂了六幅类似连环画的图画，其中三幅画了法费特药店的病人正在服用妙药；另外三幅上面画着尚未使用这口号的几个正在谈情说爱的年轻人。喏，到了一九四八年，法费特先生恰恰跟他橱窗里的标语和图画一样离开了这里。”

博士跑到院子里，但又立即跑回房间来。他脱了鞋，又脱掉衣服，只剩下一条运动短裤，然后回到院子里，在这狂风暴雨中走着，脏水浸没到膝盖。已经不再闪电，博士打开了通向洗衣房过道上的灯泡，取下拧在旧水泵上的橡皮水管，将它从排水沟那儿一直拉到楼梯往下的地方，贝朗诺娃太太窗子下，借这管子来冲刷院子里的脏水杂物。“我求求您，进屋吧！您会着凉的！”我对他说。他又跑到窗子底下，然后又冒雨朝排水沟跑去，之后又跑到窗子这儿，从常青藤和文竹间反复来回多次……“您会着凉的！”他点了点头，眼睛瞪得老大。当他走进房间，站到炉子跟前，我立即拿毛巾替他擦背，给他脱下湿透了的运动短裤，我又重复了一遍：

"您会着凉的……这条运动短裤全湿透了……"

我说着说着，舌头像是被什么东西卡住不灵活了。突然我紧紧地拥抱了他，实际上不是抱住他、博士，而是抱住一个男人的胴体，这胴体散发出来的不是香味，而是浸透着灰泥和煤烟的臭水味儿。某处响了一声雷，我吻着他湿淋淋的身体，不是在吻，简直在舔，我没有任何别的愿望，只愿他完完全全占有我，拥有我。他将我扶起，抱到被褥中，也顾不上铺好床铺。外面停止了下雨，门大敞着，窗子敞着，炉火熊熊，松树枝烧得噼啪直响，火星四溅，我激情迸发，手指牢牢抓住这个躺在我身上的男人，他的动作逐渐加剧加快，我也一样，我的快感达到了顶点，我已感觉到一个男人的精液、热乎乎的精液如何射到我的体内，我却泪水盈眶。外面的雨声停了，我全身敞开着，我的男人敞开着，窗子敞开着，门也敞开着，院子通向街道的大门敞开着……谁也没有来，我真希望……这楼房里住满了人，大家都因下雨待在家里；我真希望这全楼的人都来看看我们，希望博士的朋友们都看到，什么叫真正的婚礼。可是谁也没来，谁也不会来，一个人也没有来……我赤身裸体坐在床上，我的赤条条的男人躺在我身后，伸得笔直。我起身给炉子添些柴火。我凝视着这炉火，看来我也迷上火了。等我转过身来，这爷们儿眼睛闪闪发光，嗓音微微有点儿嘶哑，但很悦耳，他像讲课一样对我说：

“可我觉得最漂亮的广告是瓦德斯的科伊·诺精致纽扣广告。这个广告是我二十年前每次来布拉格时都要看到的，看到它，接着就能看到那‘美丽’旅馆，‘美丽’二字至今陪伴我游遍布拉格。因为广告上那个将精致的金属扣子、蓝色扣子嵌进想象的眼睛中的美丽姑娘的头像一直照耀着我走在这世界的道路上……您知道，这广告上的那位姑娘是怎么来的吗？有一位翻译家向我讲述过：瓦德斯先生曾经乘船从美国到欧洲，那个时候他就已经有这些科伊·诺牌精致扣子了，可还没有这位美丽的姑娘，后来他在船上喝香槟酒时结识了她，当这位电影演员问他是干什么的时，瓦德斯先生便给了她一张拴有这科伊·诺精致扣子的卡片，这位被香槟酒引得兴致很高的姑娘便把这颗扣子像单片眼镜一样扣到眼睛上。他立即去叫人将这位眼睛上扣着他的精致扣子的姑娘摄影下来……经瓦德斯请求，从此广告上便有了这个眼睛上嵌着一颗科伊·诺牌精致扣子的美丽姑娘。这个广告不仅照耀着布拉格，而且照亮着我的生活道路……您知道吗？她像您，我也知道……您知道我在想什么吗？下个月我们是不是可以发出举行婚礼的通告……”“但愿您不是在开我的玩笑吧，”我说，接着又补充了一句，“在我们经过了这一切之后，咱俩可以用‘你、我’相称了吗？[①]”

“不能。”他说。

---

① 按捷克习惯，彼此间以“您”相称表示尊敬对方，也表示关系生疏；以“你”相称表示关系亲密、随便或不客气。

“这绝对不能。您怎么会想起这个，让我们马上就以‘你、我’相称呢?”他严肃地说，“我还更乐意用‘他们’[1]来称呼您哩！就像在维也纳的德麦尔咖啡里，女招待总是问：‘他们要点儿什么?’[2] 我们还是彼此以‘您’相称的好，至于‘你、我’相称，可以到以后再说，直到……”

“什么时候?”我说。

“结婚以后，因为倘若您现在就以‘你’来称呼我，那您会借这‘以你相称’而什么也不在乎地对待我了。”他这么说着，我则躺在我这个心爱的汉子身旁。我亲吻他，我们像两片抹了黄油的面包一样贴在一起，后来又跟刚不久所做的一切一样，仿佛第一次……后来我们仰天躺着，炉火渐渐熄灭，我们也松弛下来，随后渐渐入睡。博士累得鼾声大作，我却睁着眼，望着天花板，想象着自己穿上那套最美丽的衣裳的片刻。我的那套新娘服装将是深蓝色的、配上金扣子、朱红色衬里、朱红色滚边的口袋和小兜，再配上我的珊瑚红意大利新皮鞋和红色手提包以及像荷兰航空小姐戴的那种式样的红色小礼帽。我要化妆、粘上假睫毛，画上眼圈眼影。先到住房机关办公室去，那里会让我进去，我要在我手提包里放上我的结婚通知。一开头我将故意问这位负责人，是否允许我报个长期户口。

---

① 在捷克和欧洲有些国家，为表示尊敬或礼貌，也用“他们”来称呼对方，那就比用“您”称呼更客气了。

② 原文为德语，实为“您要点儿什么?”但不是用的“您”而是用的“他们”，以表示尊敬。

他，肯定会像以往每次那样对我说，假如我能拿来最后一个住处，比什么有关调动工作的介绍信或布拉格企业的就职证明信都管用，就有可能报上长期居留户口。我将我的结婚通知掏出来摆到他面前。我盼着看到他见了我的结婚通知时瞪眼吃惊的样子。这份通知虽然只是一张用于结婚这天的期票，但是这张期票说明我的未婚夫我的丈夫的住址就将是我的住址……他会惊得目瞪口呆。更有我那位大妈，等我把结婚通知拿给她看时，她还不知道会惊成什么样子哩！……然后等我带着我的结婚通知到人事部门去，那里的负责人是个女的，她不喜欢我，她连对大厨巴乌曼都要刁难一番。我倒高兴看到我去求这娘儿们发善心给我一个长期就业证明的情景……而她，肯定跟以往一样，这死婆娘肯定会甜言蜜语地对我说："可以，我有什么不愿给的，可是啊！小姐，您若能拿来长期居留证，我就给您这个长期就业证！"我将穿着这双珊瑚红高跟鞋，手叉到腰下，掀开一点儿我的蓝色套服，让她看见朱红色衬里，要是我想逗逗我们这位以胜利者的眼光瞧人的女干部，我便从红色小提包里掏出我的第一号通告，摆到她面前的桌子上，对她说："拿这个作抵押，想必够了吧！"等着她读完之后，我再收起这通告，并对她这臭娘儿们说："劳驾！我的结婚证书一个月后拿来给您看。"

14

这是一段美好时光。我每周一次去利本尼看我那亲爱的。每次我都给博士他带去一平底锅菜饭。是大厨亲自帮我准备的。博士这段时期总是笑容满面，他总是装做胃口极好地用勺子吃着巴黎饭店的这些菜饭。有时那位爱干净的太太从金鹅饭店带一锅菜饭给他，每当她那一平底锅菜饭交给他时总要说一句："这是给博士您的，尝尝吧！"这期间博士总是喜笑颜开，经常冒出啤酒和烧酒味儿。他在家里待不住。莉莎对我说，博士老是提着个包在利本尼一带逛，说是采购东西，其实是从一家小饭馆到另一家小饭馆，总由波比陪着他，到处的人都已认得这条波比，说莉莎不得不在它每次回来时给它洗澡，因为它也一身的啤酒烧酒臭味儿。莉莎对我说，博士已经安分多了，不再在家里举行他那些家庭聚会穷吃猛喝，主要是他的朋友们已不再往他那儿跑了，记得他们有几次在院子里碰见我，便立即消失不见。博士的那些朋友恐怕不怎么喜欢我；我只要看他们一眼，他们就有点儿脸红，讲话便结结巴巴的，不自在了……

在这段美好的时期里，我常去裁缝师傅那里，定做婚礼服。没什么特别的，就像辛普森与英国王子结婚时穿的那套礼服一样。每当裁缝师傅跪在我面前一次又一次地重新量试样衣，比画尺寸时，我都要脸红。在这段美好的日子里，有一天我去预订结婚戒指的大小，我知道博士没钱买这玩意儿，让我感到为难的是不知怎么给他钱，好让他去付买戒指的账时试试大小。

有个星期天我们一道去宁城，当我们在火车站一下车走在小镇的街上时，博士便担心遇上他从前的恋人们，这我马上看出来了。赶上是个礼拜日，人们在广场上散步、闲溜达、看着表，向博士问好。我面带微笑，对人们点头致意。然后我们来到跨河的桥上，河风吹拂着我。到这里我才四下里环视了一下，看到远处的啤酒厂。透过桥栅栏看到一座带小塔的城堡。这小城堡呈米黄色，远处那座啤酒厂也是米黄色的。我的未婚夫这时才挽着我的胳膊。他穿的灰色长裤、灰毛衣，健步而行。我注意到，他穿了双带孔鹿皮鞋、白袜子。我们一过桥，便拐弯走到河边，沿河堤往前走。我又开始发抖，眼里含着泪水，我感觉到我的脸在发烧，可我手里拿着一把鲜花，这使我增加了勇气。我的未婚夫又沿着河堤台阶跑到河边，按他的老习惯又捧上满满的一捧水浇在脸上。等他再跑到小路上，便深深地呼一口气，勉强笑了笑，耸耸肩膀，仿佛说无可奈何，见了水就得意忘形。

后来我们见到河岸上的一座别墅，红色铁丝篱笆，还有一扇门，我的未婚夫摸到挂在门后的钥匙，打开门，他有点生气，因为有几只老母鸡在蔬菜水果园里乱扒拉。一位鬈发太太从台阶上走下来。根据突出的面颊骨我马上认出这是我未来的婆婆。她将手伸给我，露出了微笑。我将花献给她，忍不住流泪了。我们互相拥抱着。我的未婚夫在大声吼着驱赶那些母鸡。母鸡不该进菜园子的，他把母鸡们赶到篱笆跟前，抓住它们便往篱笆外扔，然后才踏着台阶走向我们这儿来。妈妈领着我看房子，到处都是阳光和鲜花。后来妈妈将我带到餐厅，她对我说这是一套贵重家具，是很早以前她从布尔诺的乌普厂买来的。我便说，我爸爸正好是这乌普厂的首席顾问，他曾为乌普到全世界去挑选木材；我还说这套餐桌是用核桃木做的，这核桃木是爸爸从黎巴嫩或者高加索哪个地方买来的。我的未婚夫跟在我们后面，他有些神经紧张。突然又跑到园子里浇了一会儿水，然后又给结球卷心菜松土，然后又从树上揪下一个苹果，跑进来乐呵呵地交给我，说这是莱茵特苹果，并突然牵着我的手，把我拽到园子里，领着我从一棵树走到另一棵树跟前，对我说出所有这些苹果的品种名字，这是几年前他亲自种下的。他先将他亲自种下并为其松土的包心白菜指给我看，接着又将从啤酒厂移植到这里的牡丹根儿指给我看，后来将我带到园子里，那里有位老先生正站在一大堆形形色色的零件中间忙活。沿着花园的篱笆有一长溜小工具棚，院子里立着一辆卡车的破烂残骸，破卡车旁是一辆旧雪铁龙①。我对这雪铁龙旧车怎么也看不够，仿佛在鱼塘里泡了多年，车座套已经褪色，既破旧且灰尘很厚，车子的门窗都生了锈。一个棕红色头发的女人跪在那雪铁龙车前面，她涂了口红，用一个钢刷在专心致志地擦着铁板上的锈。当这位老先生朝我的未婚夫看了一眼，当这个边擦铁锈边抽烟的棕红色头发的女人从烟雾茫茫的锈尘中抬起头来张望的时候，我的未婚夫忙介绍说："这是我爸爸，这是我的弟妹玛尔达……这是我的未婚妻。"

爸爸想把手伸给我，可是手上有油；玛尔达对我莞尔一笑，将胳膊肘伸给我，爸爸也将胳膊肘伸过来让我一握，便接着干他们的活儿。爸爸在装配一辆相当破旧的斯柯达汽车，他满腔热情地向我介绍说，直到现在这辆斯柯达才像个样儿，说等到把那些破烂车座罩去掉，套上新罩，那该有多喜人！等到车身重新喷成深蓝色，那该有多高兴啊！说等到他再开车到科斯莫诺西去串门，他在那里的朋友们、机械师们虽已退休，但一直还会干那些谁也不懂的活儿，他们会给他维修一下汽缸的……

有个戴贝雷帽的男人拄着拐杖来到院子里，从他的脸上可以看出，风华正茂的年华已逝，他曾尽情地喝过、爱过、失望过。他将手伸给我说："您叫我布热佳吧！请记住，谁想进到

---

① 雪铁龙为法国名牌汽车，是根据一位法国工程师和工业家的名字雪铁龙而命名的。该人曾将福特汽车生产法引进欧洲汽车工业。

咱们这个家，就得入乡随俗，好比科拉什家的奥拉涅克说的那样。”他说完便踉踉跄跄走到车子那里，用拐杖指给他的老婆玛尔达看，哪些地方还应该擦拭。他用拐杖指点着，面带微笑。可他老婆恼火他这样，瞪大眼睛吓唬他说，她要用这个钢针刷收拾她的老公……后来我便毫不惊奇地看到，有个小老头儿走进了院子。他皱了皱鼻子，如履薄冰般小心翼翼地挪着步，一步一步地慢慢走。他头戴一顶礼帽，橡胶领子，打着蝴蝶结领带，将刮脸皂刷和剃须油放在一条满是油污的方凳上，然后将刮脸皂刷蘸湿了，在脸上打了些肥皂。我已经开始明白，我现在在哪里了，不禁松一口气。当我看到，那位老人不仅将肥皂打在脸上，而且打在了大衣领子上、衬衫上，在蝴蝶结领带上打的肥皂比在脖子上打的还要多时，谁也不感到惊奇，只有布热佳说了一句：“贝宾啊，你将毛衣也打上肥皂吧！”还用拐杖指了一下，可是贝宾大伯，对，这就是贝宾大伯，瞅了我一眼，皱了皱鼻子说：“您是谁呀？”我搀着他的手臂说：“我叫艾丽什卡，同博胡什[1]一道来到这里。”

“原来是您啊！我热烈欢迎您！他们说您曾经到维也纳去上过学，是这样吗？这可是世界上最美丽的城市啊！我在那里服役的时候，它比现在还要更漂亮些，因为我在皇上那儿服过务，他有最棒的军队，一次败仗也没打过，因为……”

“可是你们最后被打败了！”布热佳说。贝宾大伯继续往

---

① 博胡什是赫拉巴尔的名“博胡米尔”的爱称。

他的脸上、领带上、大衣领子上打肥皂，谁也不去阻拦他，我的未婚夫甚至兴致勃勃地看着他，感到开心得很。当贝宾大伯大声喊着：“你胡说什么！我们打赢了所有的战役，我们光荣的军队打到哪里，就赢到哪里！”贝宾大伯大声吼着，在邻居家的地坪上，在果树林中的小别墅那儿，有人恼怒地关上了窗。贝宾大伯拿起刮胡刀，开始修起脸来，可是肥皂水已经干掉，刀片又很钝，贝宾大伯的手有点抖，实际上他只是在干了的肥皂泡沫上刮了刮，白胡茬子原来有多长仍旧有多长。可是谁也不去管这些，谁也不说什么。只有布热佳帮他刮了一顿，差点儿没扎着大伯的眼睛。他还指给大伯看哪儿还得再刮刮。我的未婚夫对他表示称赞，他摸了摸大伯的脸，称赞大伯的脸刮得真光滑，称赞他多么会修脸。贝宾大伯流着泪重复地说：“不错，您上的是奥地利学校，受的是奥地利的纪律教育！”还是妈妈帮了我的忙，她来叫我去帮她布置这星期天的午餐。

我们打开折叠桌，妈妈蹲下来，打开餐具橱，在充满阳光的餐厅里将一套漂亮的碟子交给我，并骄傲地对我说：“您瞧瞧！这是塞夫勒产的瓷器，够十二个人用的！可是跟我这宝贝儿子可没有您的轻松日子过啊！”妈妈说着将勺子、小刀放在这些塞夫勒碟子旁边，“因为他从小就是、直到现如今仍然心不在焉。家里对他来说就是地狱，只有睡觉才回家来。他从早到晚在波尔纳逛，全镇的人都认识他，因为他今天在这个人那里，明天在另一个人那里，他的心总是在别处，而不是在他正呆着的地方。我说呀，您跟他在一起可有您的好日子过哩！他甚至从我们这儿逃跑过两次，光在波尔纳闲逛对他来说还不过瘾，他有一次坐火车跑掉了，后来又一次坐卡车跑掉了，待在大木桶里！在那个啤酒厂里。从他六岁，开始上学起，连作业也要在外面写。在椅子上，在屋顶上，在各个地方，可就是不在家里……”

“你说什么呀？”院子里传来贝宾大伯的喊声，“奥地利军队打赢了每一仗！在弗瑞赫尔·冯·胡赫雷尔的领导下，在圣餐节[①]那天开进了被解放的普舍米什尔。”妈妈听了吓一大跳，连忙打开窗户对下面喊道：“大伯，我的老天爷，请您别这么嚷嚷了！今天是礼拜天，又快到中午了！”妈妈后来带我走过餐厅，将墙上的画指给我看，接着说：“这是安东宁·弗利德画的达塔尔山脉，是油画原作。可就像我说的，您跟他在一起不会有轻松日子过。当贝宾大伯在酿酒车间干活时，我的宝贝儿子跟他住到那里去了，只为了不必住在家里。有时天黑了，我们找不到他，他总是待在牲口棚里。他宁可与牛交朋友，也不肯待在家里。听我说，您和他在一起过日子呀，可绝不会是件轻松的事儿……这是沃卡莱克教授的一幅色粉画，森林边的黑麦捆。可是到头来他非待在家里不可时，他便总是皱着眉头板着脸气鼓鼓的。赶上外面下雨、下雪、刮大风，他只好待在家里，可是等我们要去睡觉时，却又找不到他，他竟然钻到床底下睡觉去了，我们不得不把他拽出来。我干吗要把这些告诉

① 天主教节日，通常在复活节后的第60天。

您呢？因为我和这个宝贝儿子在一起待了四十多年，如今，就像他对我说的，如今让您去生他的气吧！”院子里又传来了贝宾大伯的喊声：“什么？希特勒在俄国输了个屁滚尿流？可是奥地利军队肯定能打败红军，占领斯大林格勒！”

妈妈立即从窗口探出身子，我看到她吓得要命，倒不是因为贝宾大伯声音太吵，而是为他所讲的内容。而且是在院子里，又赶上个礼拜天。她连忙喊道：“大伯，我的老天爷，咱会惹麻烦的！您在那儿嚷嚷什么呀！这样会把您、把我们都关起来的。会说您在这儿散布反国家言论。”然后妈妈像对别人解释什么似的，将手挨着嘴巴，好让声音大一点儿对着一个什么地方说：“他的脑袋在战争中受过伤！”妈妈费了老大的劲才从被穿堂风猛吹着的窗帘那边钻出来，幸好摸到一把椅子，连忙坐到上面，边铺平那桌布边说：“您不知道呀，我这宝贝儿子曾经也跟贝宾大伯一个样哩！五一节那天，他上午就从厕所里舀些粪水去浇他的蔬菜，弄得人家加倍地讨厌他。因为他经常沉溺于幻想，也就是心不在焉。念大学的时候，他开始写诗，整个就像丢了魂一样。连他谈的那几次恋爱也都那么可笑，因为那些姑娘都已经上我们家来了，已经快要算未婚妻了，可是我们这位少年却总是在梦幻中生活，像被割了舌头似的沉默不语，而且总是心不在焉，总是在别处，只是不在家里，不在这些姑娘那里，因此后来她们都把他甩了，因为您自己说说看，跟这么一个像患了梦游症一样的爷们儿在一起怎么过啊！……他一直是这样，我这儿子最乐意待在他恰恰不该在的那个地方……您瞧他认识的那么多人，他的职业，从公证员开始，然后总换职业，住房也是这样。我那宝贝儿子啊，恨不得天天去睡旅馆，一天换一个地方，这就是他的生活。一九四八年他干活的那家批发公司停办了。他也不再从一个城市坐车到另一个城市这么东跑西颠了……我呀，跟您说句掏心窝的话吧！我那宝贝儿子有点像我那样。我以前只想当个演员，一门心思只想演戏，结婚以后还这样，可是我没有这么大的能耐，我不善于东跑西颠的，像我儿子那样……不过我们大概该吃午饭了。”

妈妈仔细听了听：爸爸在外面已经停止重锤敲打挡泥板了，院子里也停止了用钢丝刷擦拭车身的声音……妈妈站起身来，本想继续给我介绍下一幅画，可她挥一下手，说：“注意！您还得跟他享用那火！这是他的特殊爱好，火，生火，他总也离不开火。他在日德尼采他外婆家里，曾经烧着了窗户上的帘子。在这儿的啤酒厂里，在山谷里有所破木舍，里面有个炉灶，他于是成天到那儿去生炉子。大概是巫婆节那一天吧？一失火，父亲就得替他赔款付钱，他烧毁了干草房，点燃了一堆篝火，结果烧焦了李子树，烧着了旧草坪。烈火蹿到一片小林子那儿，那次大概是在菲利浦·雅库普节[1]夜里吧？他像着了火的扫帚一样疯跑，每次都把帽子烧坏了，每次连鞋子也被烧坏，有两次烧着了他的头发……还有，我差点儿忘了说水！

---

① 雅库普圣人命名的宗教节日。

水，有您可享用的！这也是他的一大爱好。他总爱待在水边，挨淹过两回。结冰的时候，他总爱去浸一浸鞋子和衣服，结果有一次穿着新衣服掉到冰水里，那件海军蓝的冬棉衣是花了六百块钱买来的哩！他穿着那件棉衣掉到结冰的河里去了。后来他穿着这件棉大衣又靠在电影院的炉子上，把这么贵的一件大衣烧坏了。他是怎么念大学的？我不知道。他只爱待在水边，从春到秋，老去游泳，没有一点儿规矩，只知道游泳、晒太阳。他怎么学完的法律，我不知道。跟他在一起有您受的……他还爱喝酒！从四岁起就从葬礼、婚宴上喝醉回来……后来家里有什么可喝的他都给你喝个精光，念大学的时候，总是在参加什么社交娱乐活动之后喝醉了回来。清醒的时候，倒还蛮谦虚，只要三杯啤酒下肚，或者喝一小杯白酒，便认为自己是世界冠军、头号人物，胆子便大了，马上就得去冒犯人家，吓唬人家……要是一时控制不住自己，您知道会有什么下场？”

院子里又传来贝宾大伯的喊叫声，他简直是在咆哮：“你说什么呀！奥地利军队从来就是赢家。这样扬名四海的军队肯定能打败俄国人，肯定能大获全胜！”

妈妈吓了一跳，她将窗帘使劲往旁边一撩，将手放在嘴边冲着某个方向大声说：“他想的是沙皇俄国，沙皇！”

可是贝宾大伯在接着嚷嚷说：“哪儿的话！这些俄国人也能被奥地利军队打败，因为皇上的军队能击败所有的敌军！”

后来，爸爸已经走进餐厅，玛尔达紧随其后，他们两人原来在院子里是什么样子，现在仍是什么样子，玛尔达满脸微笑，全身覆盖着薄薄一层锈灰，只是洗了手。爸爸的那一身像挨电车碾过似的那样脏，只是他那双手洗得干干净净的……随后进来的是布热佳和我那位搀着贝宾大伯的未婚夫。

妈妈给大家舀汤。她只说了一句："您又嚷嚷来着，像来了一队骑兵似的。"贝宾大伯听了这话还特别兴奋，微笑着向妈妈一鞠躬说："是吗?"我却在瞅着博士、我的未婚夫，我打心眼里高兴妈妈把他的一切都说给我听了；我还高兴，在我们尚未实现的婚姻生活中，我知道，我将探听到他的许多秘密……我们大家互说"好胃口"！之后，勺子碰得塞夫勒瓷盘叮当响，布热佳第一个喝完汤，好像是一口气喝光的，一下子就消失不见全下肚了。布热佳只是轻声说了句："你们打不赢!"贝宾大伯便又嚷嚷起来："我们准赢!"可是他一咳嗽，一块馒头片掉到嗓子眼儿里去了。我的未婚夫连忙给他捶背。贝宾大伯又是咳嗽又是打喷嚏的，到后来一个大喷嚏打得脸都埋到汤盘子里了。妈妈赶快把那珍贵的塞夫勒碟子移开。为保险起见，立即关上了餐厅的窗户。我看着妈妈已经平静下来，用手掌驱散了贝宾嚷声的阴霾，重又朝我温柔地微笑着。因为大概在这种状况下除了微笑、微笑，别无他法。

我想起碧辛卡姑姑从维也纳给我来信，想起了她说的奶油蛋糕。于是我也笑了笑，点了点头，我抬起头来，面带微笑望着带有五个漂亮灯托的黄铜吊灯，一切烦恼和不悦都烟消云散。爸爸趁机回到院子里，从那儿又传来沉重的榔头捶打声，尽管时间短促，他又敲打了那块破旧的挡泥板一番。

我收拾起汤盘，我的未婚夫用纸巾在给贝宾大伯揩脸，妈妈端来一大盆热气腾腾的馒头片，走到门口便微笑着轻声说了一句："你们打不赢的！"贝宾大伯从椅子上跳起来，大声吼道："我们准赢！取得辉煌战果！"他的肩膀撞着了妈妈的馒头盆，妈妈好不容易抓住了它，可是一多半的馒头片却掉到了地毯上。我的未婚夫连忙拿着小钳子，捡了满满一碟，后来我又和妈妈跪在地上捡起剩下的这些馒头片。爸爸走进来，冲我笑了笑。可是我看得出他的心还留在院子里他那辆斯柯达汽车旁边，他甚至担心要谈话，他尽量不参与交谈，免得脱不开身。妈妈像什么事也没发生过一样，用手指将馒头片分送到各人的碟子里，当她把第三片馒头片分送到我碟子里时，我点点头，表示够了。后来她给我浇上肉汁，夹上一块牛里脊肉。大家又狼吞虎咽地吃起来，还没等我吃第二片馒头片，布热佳已经吃完，擦擦嘴，站起来，一拐一拐走到窗子前。我不得不承认，我的未婚夫博士说得对，这牛里脊肉好吃极了。我没有不好意思，又添了两片馒头片和肉汁儿。连我自己都愣了，要不是因为有点儿害羞，我还想再添一点儿哩！随即，大门被推开，一位小姑娘走进餐厅来鞠了一躬，并请求妈妈说："太太，能把贝宾大伯借给我们一下吗？"

妈妈说："能啊！可是干什么？"

小姑娘说，贝宾大伯又将在堤坝上给像她这样的小姑娘们讲性保健学。实际上是接着上次在河堤的那堂课往下讲，上次他讲到健康的体魄和性器官是男性幸福的保障。贝宾答应她们接着讲巴蒂斯塔的著作，关于放纵的性生活的后果……妈妈说可以，不过让小姑娘用手牵着他，因为他已经眼神不好，说他讲完课，让她再把大伯送回来，交到妈妈手里。

贝宾大伯笑眯眯的，当小姑娘温柔地牵着他的手时，他说："又是我赢了。为什么？因为我上的是奥地利的学堂，在世界上最棒的军队里服过役，跟皇上交过朋友……"在大伯离开之前，爸爸便已经走到院子里继续捶捶打打，敲他的挡泥板去了。弟媳也走出来，继续用钢丝刷子擦拭汽车冷却器上的铁锈。布热佳从窗口望着那小姑娘领着贝宾大伯走出大门。我的未婚夫说："妈妈，您真是所有庄园的主妇冠军，我已经很久没吃到这样可口的牛里脊肉了。如今我们要到外面去遛遛弯儿。"

15

当我们从过道走到院门口时，有谁的手伸进栅栏里，用插在门里钥匙孔里的钥匙打开了门，一个戴眼镜的漂亮女人站在了我们面前。她站在那里，望着那脸红了、眼睛看着地上的博士，那位戴眼镜的、有些发胖的女人脸也红了，甚至脸上现出了雀斑。她就这么站着、望着地上说：“您要结婚了?”我的未婚夫点点头说：“是!”那胖女人又指着我问道：“这位是您的未婚妻?”我的未婚夫低声说：“是!”那位红着脸、如今已泪水盈眶的女人低声说：“那就毫无办法了，那就祝你们婚姻美满吧！祝你俩永远幸福……”

她站在过道上，盯着地上铺的方石块看，好像那里有什么使她特别感兴趣的东西，她望着那些方石块。这些我都了解，也都痛苦地体验过。这些方石块，每一块方石砖都是那如今不知所措的女人抓着的救命稻草。从前当我心爱的人伊尔卡在他的崇拜者面前羞辱了我，当我站在那里，他从我身边过并看见了我，却装做视而不见时，我也曾站在那里像被闪电击中了一样地盯着地面，他却嘻嘻哈哈笑着同他那些妖精们跑到哪个咖啡馆去了。在我别无其他选择，只能回家痛哭一场的情况下，我也曾经这样盯着地面呀……

后来，我们走到河边，对岸的白杨被风刮得刷刷作响，我们朝有阳光的地方走去，博士时不时要捧些水来洗脸。正值九月，太阳像四月天那样照射着，没法直眼看它。河对岸不仅有小孩而且有大人在游泳。我的未婚夫浸得周身湿透走回来时，样子又显得老态了些，我仍旧微笑着，因为我已经这样经历过一切。我为这个女人深感抱歉。我害怕她的那感情、那眼泪，特别当她望着她过去的情郎时脸上冒出的那些雀斑。我们走到河边时，我回头张望一下，她仍旧站在门旁，眼里闪烁着泪花，但是又有什么办法呢？

我们沿着樱桃园迈着步，在铁桥下面已经变得昏暗，一辆货车轰隆隆地开过去，铁桥被震得直晃动，轰隆作响，震耳欲聋。我们穿过了阴影，等到我们走出来，见到的只是阳光、水和绿色的小柳树，通向远处的小河。

我的未婚夫对我讲述着，实际上也不是对我讲，而像是自言自语地倾诉，免得去想那个戴眼镜的女人。他对我讲述着：从这里，如何从河上刮起一股大风，赶上他去学校时，走到啤酒厂那拐角便不得不往回走，要不然狂风可能把他刮走，刮到田野上，刮到河里。天气好的时候，他常在这条河里钓鱼。他说，钓的都是小鱼，因为他爱吃小鱼。他说，他总是钓许多小鲫鱼，至于小银鱼，想要多少有多少。妈妈用油煎一煎，卷上酥卷饼。"我最爱在这些小柳树旁游泳，这里有沙滩，我常在这儿晒太阳。我上大学的时候，常常脑袋枕着刑法法典晒太阳。我能够啥也不干，只是这么躺着晒太阳，一个劲儿地游泳。这水呀！只要我一投入它，那印象总是那么难以忘怀，它总是我的至爱。只要我能游，我就得游，游泳使我心醉神迷。"他说一会儿话便又跑到河边捧水洗脸。我一直微笑着，我很高兴自己能倾听这个男人的叙述，而且马上能知道，他为什么这样一个劲儿地说，只为了渐渐地平静下来，消除那个戴眼镜的女人带给他的惊吓，我知道，他还会继续对我讲述下去。其实，他要是沉默不语，可能使我更好过些，因为他越说，我越觉得他还在爱着那女人。

当他又洗过一次脸之后，我们走过一条田间低陷的小路，沿着一排野玫瑰丛朝啤酒厂走去。我的未婚夫对我谈起他还是个小男孩的时候在啤酒厂的情景，如何用气枪打鸟。"您瞧，"他大声喊道，"整个这座啤酒厂周围有一道墙，墙四周是一圈树，树上有成千上万只鸟，什么山雀呀，绿金翅雀呀，鸦呀，鸫呀，燕雀呀，冬天还有金翅雀……我射击过，不知道为什么，我常常站在那里，手里拿着被射中的鸟，为它哭泣。可第二天又站到那里去瞄准，随即另一只鸟又慢慢坠下，我从来不相信是我击中的鸟。即使我瞄准它，只是砰地响了一下，我不相信，鸟儿会因为这一声响而致死。我又将它抓到手里哭了起来。其实您自己在大门口也看到了，连我自己也没想到，我会如此地伤害某个人。就像我在酿酒房和发酵室下面多次射击鸽子那样。那些母鸽就住在屋顶架下，还带着小鸽子。我又站在那儿瞄准着，我鬼使神差地非瞄准不可，非扣动扳机不可，结果我又不得不看着鸽子掉下来，气枪的力量不够立即将鸽子击毙，小鸽子一瘸一拐的，像山鹑一样耷拉着翅膀，我不得不抓住它，臊得满脸通红地将它憋死。又好比那些被我放走的鸽子，它们也抛弃了我，如今又飞了回来。”

后来，我们就站到啤酒厂的大门口了。我感到奇怪的是，不管我往啤酒厂的院子还是花园里看，到处都是一片混乱和凄凉，几乎所有一切都不像我未婚夫曾对我讲述的那样。根据他赞颂式的描述，我原以为啤酒厂像个植物园，是这么一座宫殿，厂里所有的一切既漂亮又文雅。可是，当我的未婚夫对我说要进去看看时，我这会儿宁可干任何别的可就是不想进去。我对这座啤酒厂很反感，倒不是因为这里意味着他，我未婚夫的往昔，而是我被在那里见到的情景吓住了。而他却从那里看到了完全另样的东西，根本没有的东西，大概因为他除了由眼睛回忆起的东西之外还可能看到任何别的东西，正如诺瓦利斯①所说的：回忆是第二个现在。随即他走进了啤酒厂，我跟在他后面。我们走过一排窗子前的小花园。这个小花园荒芜得仿佛啤酒厂里早已没人居住……他指给我看：哪里种的是黄杨，哪里种的是花，沿着篱笆曾经是一排榛子树，每逢春天，

---

① 诺瓦利斯（Novalis，1722—1801），真名为弗里德里希·莱奥波尔德·封·哈里贝格。德国早期浪漫派诗人。

榛子树下盛开着千万朵雪花莲和雪片莲。他将一座长形房子的墙指给我看，还告诉我哪个窗子是他曾经住过的房间。不过这些窗子跟过去的已经不一样了，已经是不久前嵌进墙里的那种现代式样的，连窗框都没有上漆，原来是米黄色的墙壁如今只抹了一层石灰。于是我们便沿着这光秃的房子一直走到我未婚夫指给我看的又一个地方：哪里曾经是温室、蒸汽室。哪里曾经种过菜，哪个墙边曾经是小树，沿着哪一面墙壁延伸着葡萄藤，可如今只乱七八糟地扔着些汽车零件，上面长满了滨藜，这些滨藜胜利地占领了这个曾几何时的蔬菜园，甚至整个啤酒厂。我们走到院子里，过去我未婚夫曾经告诉过我这里有李树和莱茵克洛德李树的林荫道、核桃林荫道、苹果树林荫道、梨树林荫道和樱桃树林荫道，如今那里只剩下几棵干枯的老树，它们再也没法生长了，因为有些机械的零件压在它们的根上，就像有架飞机坠落在这里，有几部发动机躺在这里，直像那些滨藜以胜利者姿态占领了这里一样。可我的未婚夫还领着我往前走，他将他妈妈的熏肉炉子指给我看，然后又将布热佳养过鸽子的地方指给我看，谁也没有过像布热佳养的那样的信鸽，也没有我未婚夫养过的波兰种鸽。我未婚夫说，在他小时候，他们家的熏肉炉子就安在那里，附近就是养家禽的地方，女佣在那里饲养鸭、鹅，我这位宝儿爷一下给我讲起养鸭的事来。毫无意义地给我叙述女佣怎样给鸭子喂食，说在给鸭子换水之前，先让鸭子跑动跑动。有只鸭子便一直走到箍桶师傅太太的窗子底下，鸭子呱呱一叫，箍桶师傅太太便给它打开门，鸭子走进过道，后来甚至走进她的住室，那太太给它点儿吃的，于是每天如此。气得妈妈让女佣把它宰了。女佣将它的脖子一拧，让嘴尖挨着胸脯，往它脖子上割了一刀，然后走开去看看烫鸭毛的水是不是已经烧开。可就在这一会儿，鸭子站了起来，因为没有杀死，它沿着箍桶师傅太太家的窗下走去，她给它开了门，鸭子在过道呱呱叫了几声，当它一走进她的房里便死掉了。师傅回家时，只见他的太太晕倒在地，面前躺着那只没有宰利索吊着脖子而又已经断气的鸭子……我双手抱头，说："我的老天爷，你给我讲这个干吗呀？"

这时，一个满脸怒容的人朝我们走来，他穿着门卫制服，生气地说："你们在这里干什么？"

我的未婚夫欢呼起来："这是我呀，舍巴先生，您还认得我吗？您好好看看我吧，我不是住在这里度过了那些最美好的时光吗？您也在这里住过，住在工人宿舍呀！"

"不错！我曾经住在工人宿舍，您却住在四房一套的小洋楼里……喂，这里没有您什么事儿，您到底怎么进来的？谁让您进到这里来的？"

我的未婚夫还是那么热情满怀，"我是来看看我曾经非常热爱、如今仍旧喜欢的地方，我从六岁起就住在这里，四分之一个世纪我都是在这里度过的呀！"

"这里没您什么事儿！您们有自己的别墅，实际上您已经闯入了国营企业的地盘，您不是想在这里放一把火吧？您身上带有火柴吗？我得检查一下，因为这样我才可能制止犯罪。给我看看！您要是不愿意，我便叫警察来好了，让警察来搜您的身吧！”

我望着这情景，微笑着。当我的未婚夫举起双手，门卫在翻他的口袋，看他带没带那可能点燃啤酒厂的火柴时，我简直有点儿窃喜。“如今我跟您说：您没有带火柴。但您也得赶快离开这里。既然您已同您的父亲带着耻辱离开了这里，您就别再来这里。难道你们还不死心，还要到这个您们曾经是老爷，我们这些工人手里捏着帽子向你们俯首鞠躬的地方来?”

于是我们走出啤酒厂的大门。我的未婚夫因受辱而全身哆嗦。我知道他再也不会进这个门了。“凭什么还要到这里来呢?”我暗自说。我有一次也这样走去看看我们家的别墅，也是这样被撵了出来。我去过罗辛纳，如今我们那别墅已经变成了刚会走路的娃娃们的幼儿园。当我向大人们解释说我是谁，我只是来瞧瞧，不干别的，只是瞧瞧然后悄悄忘掉而已，他们还是把我撵了出来……

然后我们拐了弯，沿着啤酒厂的围墙往回朝着下面的小河走去。在那里的堤坝上老远就听得见贝宾大伯在嚷嚷巴蒂斯达著作的性卫生学，小姑娘们围着他坐着听他讲授。可是我们已经走在嵌着方块石头的走廊上，妈妈站在大门口跟一个什么人在谈话，院子里继续传来榔头捶打声，爸爸大概在弄平他的第二块挡泥板；我还听到钢丝刷继续而且更猛烈地在擦拭着车壳上的铁锈。我们走过人行道旁的一座别墅，我未婚夫不久前被门房撵出来的那座小楼前面的一座小楼。突然，我一转身，看到我们刚刚经过的那座小洋楼的一个窗口，有人用手指撩起窗帘看着我们，如今它移动了一下，我发现，原来是那个忧伤而美丽的女人站在窗帘后面，如今她的眼镜闪烁了一下，她悄悄地在望着我们，望着我的未婚夫。我迈着步，轻盈地迈着步，我尽量使自己走得自然些，在她镜片的闪烁中我看到自己的身影，我的衣服、我的鞋，幸好我还将自己包装了一番，根据最时兴的样子，幸好我昨天还去理了个发，重新做了一下我那男孩发型，这是女篮运动员和工读学校的女孩常理的那种发型……

16

太阳下山了。吃饭时我们默默不语，大家都有些累了。小姑娘不久将贝宾大伯送了回来，甚至还行了个屈膝礼。贝宾大伯容光焕发，昂着头，美滋滋的："棒极了！"他说，"咱家至少还出了个有点儿疯癫的人，思考问题有点儿像我。为什么？因为我是欧洲文艺复兴的崇拜者。我跟歌德或者莫扎特一样在脑子里有着同样的体系。"布热佳已经穿了件干净衬衫坐下来，耳朵附近的头发还打了点发油。现在我发现，布热佳年轻一些的时候准是个帅小伙子，他的领带打得很不错，甚至穿了双锃亮的昂贵皮鞋，连他的妻子如今也穿了件杏黄冰淇淋色的衣服。布热佳说：

"大伯，你知道吗？要是那巴蒂斯达先生在河边看见你怎样给小姑娘们讲解他的性卫生学一书中的选章，他不知会有多高兴哩！"贝宾大伯却坐在那里，眼睛望着远处哪个地方，淌着眼泪，请求说："布热佳，只管接着往下讲吧！只管接着讲我的下一个胜利……"

然后我们告别，妈妈对我打着耳语说："你们要是举行婚礼，我不会来。我害怕那种撒野的婚宴，我的神经已经受不了这个，我们以后再在家里操办一次。我到利本尼只去过一回，我只去看望过一次我的宝贝儿子，我在那里看到的，我从那个院子、那些个炉灶那儿回到家里才缓过气来，我在家里哭了一大场哩。"

我们来到院子里，爸爸打开了灯，继续敲打着他的斯柯达汽车。布热佳骄傲地启动了他的雪铁龙，玛尔达打开了车门，在这辆损耗得厉害的车子前座和后座上都铺着毯子。我的未婚夫帮我坐到里面。布热佳坐到方向盘跟前，将汽车往后倒了几步。玛尔达抽着烟，眯着眼睛，关车门的时候，烟雾直往她眼里蹿……然后我们的车便在灯光下开动了。我们没往车站开，而直接出了城，穿过好几个村庄。布热佳说他下午听了个小提琴协奏曲。海菲兹①的音乐融进了他的灵魂里。他甚至被海菲兹的音乐感动得哭。这大概因为奥德萨②的犹太人都有着忧伤的音乐，奥依斯特拉赫③和梅纽因④虽然都是提琴界大红人，但对于布热佳来说，小提琴之王却是海菲兹。海菲兹演奏之专注就像布热佳赌钱一样。他曾经在赌场赢了很大一笔钱，于是

---

① 海菲兹（Jascha Heifetz，1901—1987），立陶宛出生的美籍小提琴家。

② 奥德萨，在乌克兰境内。

③ 奥依斯特拉赫（David Oistrakh，1908—1974），享有世界盛名的前苏联小提琴家。

④ 梅纽因（Yehud Menuhin，1916—1999），美国小提琴家。

就忘乎所以，后来把所有的钱都输掉了，还接着输，输了便拿爸爸的钱去玩，想把输了的赢回来，于是连属于爸爸的钱也输掉了……

雪铁龙在公路上嘟嘟开着，前灯照明不佳，一盏照着壕沟，另一盏却照到哪个树枝上去了。我和未婚夫互相抓得紧紧的，因为坐毯摇摇晃晃，一遇上拐弯就有滑落的危险。布热佳对小提琴协奏曲竟有这么大的兴趣，这简直使我吃惊。我突然回忆起爸爸，在我们别墅里也爱听唱片，不是听协奏曲，而是听一段或一小段这种小提琴忧伤曲。我记得他有好几张唱片，是扎迦利①演奏的小提琴。有一次，爸爸从维也纳回来，带来一位客人，电影演员奥尔卡·切霍娃，那时她已有些年纪了，但风韵犹存，她在我们家整整住了一个星期。爸爸变得跟平日不一样了。那位奥尔卡一根接一根地抽着烟，她有一个象牙做的长烟斗。她跟爸爸坐在男士房间里，爸爸老是放着同一张由扎迦利灌的唱片："小提琴呀，我的心……"我也听了这支歌，它不仅让爸爸和奥尔卡·切霍娃心碎，连我也深受感动。男士房间敞着门，我站在客厅，欣赏着扎迦利。等唱片放完，我悄声地走动着，免得爸爸看见，我用眼角瞟见爸爸是那样地激动，眼睛里饱含着泪水，任其唱片继续地转呀、转呀，唱针发出嗞嗞声，一圈一圈转着，刻在唱片中心的标签上。可是爸爸却热泪盈眶，轻轻抚按着奥尔卡·切霍娃的手背。后来，等

① 扎迦利，犹太小提琴家。

奥尔卡走了，爸爸回来，我便看了一下唱片的封套，不错，上面印着扎迦利的站像，一个穿着燕尾服的小个子犹太人，有着一对忧伤的大眼睛，因为他的心的的确确就是他的小提琴，那表情就像有人想要夺走那妈妈的孩子一样。

雪铁龙开进了一座灯火通明的小镇，我的未婚夫说："海菲兹，布热佳，每一个犹太人都遭遇过大屠杀和大迫害，正如那些被天主教徒们将其从西班牙、经过德国一直赶到奥德萨的那些犹太人一样。从一个世纪到另一个世纪都曾有过这样的死亡历程……喂，我借给你一本书吧，上面有夏加尔的画，他是维捷布斯克[①]的犹太人，他虽然画的是他的爱情、他的女人和他的坐在烟囱后面的大叔们、他的牛和骡、他的开着鲜花的灌木丛，以及大把大把的花束，但是布热佳，在他画面的某个角落里，总躺着一个大屠杀中被杀害的犹太人……夏加尔善于用画来说出这一切，海菲兹善于用小提琴来倾诉这一切……因为犹太人好比橄榄，它们只有在被碾碎之后才散发出那最好的味道……

雪铁龙在被灯火通明的橱窗所包围的广场上停下来。人们在橱窗前漫步。从某处传来音乐。弧光灯俯照着大小房屋的屋顶，安着红色尾灯的一辆辆汽车穿梭于广场。我们坐在车里，我的未婚夫对着布热佳的耳朵轻声讲述，布热佳专心地听着……"这是一种革命，我们大家都亲身经历过的。但来了

---

① 白俄罗斯共和国维捷布斯克州首府。

个弗洛伊德和他的精神疗法。他以此向基督教徒们科学地证明：人的生命仅仅以性腺为依据。于是弗洛伊德便毫无过失感地走到了基督教徒有着罪孽感的领域。而这就是犹太人对基督教的大屠杀和大迫害的报复。这时屋顶飞上了天，天花板陷进了地窖。在那里，像在革命中一样天翻地覆，像犹太人的书那样，书页往回翻，像犹太钟上的指针一样往回转，就像海菲兹善于用小提琴倾诉的那样，用震撼的音符道出了温柔的启示录和莫大的忧伤感受……布热佳，遗憾的是：我们的血液里连一丁点儿犹太血液也没有，不然的话，我们恐怕会把这个世界的汗背心都撕掉！”我的未婚夫笑了起来，并往布热佳的背上击了一拳……

随后我们下了车，走过广场。广场上的波捷布拉特的伊希雕像耸入蓝天，雕像后面可以见到大城堡的塔尖，城堡自下而上打着灯光。这是个美丽的小广场、可爱的小市镇。我印象中：这里保持了战前的风貌。我们随即进到一家娱乐场所，从地下室传来舞曲音乐。衣帽间的人都向布热佳招手致意。布热佳递了一百克朗给舞会池座售票员，他手一挥，示意不必找零。售票员朝他一鞠躬，连忙领着我们往地下舞厅走去，我们紧跟着他。服务员领班一见布热佳，便同他握手，将我们接过来，领着我们走过舞池，在一张摆有“预订”牌子的桌边入座。领班摆开凳子，让我们坐下。我高兴我们到了这里，实际上我还从未跟博士一块儿进过娱乐场所。柔和的灯光、钢琴、吉他和打击乐器组成的乐队，一位穿晚礼服的小提琴手站在用小旗装饰的乐谱台前，当他看见布热佳，便冲他笑笑，端起弓定了一下音，立即开始柔和地演奏起来。我简直感到惊喜，钢琴和打击乐器轻轻地为小提琴伴奏着，吉他手细心地抚弄着弦。如今小提琴手慢慢地朝我们这桌走来，他弓着腰，浓密的头发分了个中缝，就像我们家唱片上的扎迦利那样激情荡漾地演奏着。服务员领班拿着酒瓶站在我们桌旁，他没开瓶塞，却在聆听那忧伤的旋律。我们刚进来时，在我们邻座上坐着的三位军官正在欢笑着聊天，如今他们也沉静下来，聆听小提琴手演奏。玛尔达在抽烟，她因我们这张桌子成了注意的中心而感到惬意。现在她右手扶着左胳膊，烟雾不停地从她搁在嘴边的指头间徐徐上升。布热佳激动不已，因为小提琴手走到他跟前，弯身凑到他耳边演奏。演奏完毕之后，布热佳同他握了握手，转身对服务员领班说："多上两杯酒，他们是我的客人！"随后布热佳站起身来，他还一直戴着贝雷帽，和小提琴手聊开了，显然他们已是朋友，显然布热佳是这里的常客，就像我所见到的，大家都很喜欢他……

接着演奏华尔兹，博士邀请我跟他跳舞，一对对舞伴在舞池中有节奏地跳着。

我对博士耳语说："你这弟弟我还挺喜欢的。"而我的未婚夫苦笑了一下说："他呀！这个布热佳可受了不少罪呀！他那条腿从小就让他受尽折磨，唉！整个一年都只能在床上躺着。我们在地板上走来走去，围着他躺着的床铺转，他却痛得大声喊叫，只能让我们用车拉着他活动，正当我们活蹦乱跳踢足球的时候，他却躺在小车上。有位名叫卡弗卡的大夫给他治疗，将他的腿从盆骨那儿弄脱了臼，然后又给他打上石膏，于是布热佳又躺了半年，他不仅总得躺着或者由我们用小车拉着他走，而且打了二十公斤重的石膏。等把石膏取下之后，他还是老样子。他们给他装了矫形架，从腰间一直安到踝骨那儿。如今那矫形架放在我们家的顶棚那里……后来他便能走路了，但得拄拐杖。他总是爱上个什么姑娘，可是得不到妞儿们的青睐，于是玩起纸牌来，只有在这方面他才大显神通。他的玩法是这样：要么赢上好几千，于是便请整个酒吧、整个乐队、所有客人的客；要么就输个精光，连借来的钱也输掉、连领带也输掉，一直玩到什么也没有为止……

“所以才有这么多情善感的眼睛；所以才喜欢小提琴协奏曲；所以，当他已经刮了毛准备接受扎哈拉达尼切克开始给他治疗胯骨的手术时，他突然问了扎哈拉达尼切克一句：‘扎哈拉达尼切克教授，您可以向我保证我能走路吗？’扎哈拉达尼切克教授取下手套、摘下口罩喊道：‘立即让这小子出去！立即把钱退给他！立即让他离开我的诊所！’布热佳拿了钱，一个星期之后才回家。他在布拉格先赢了四千，然后回到家里，既没有了钱，也没做手术，我爸爸什么也没说他……”

音乐停止演奏，我挽着未婚夫的手，瞅了一眼我们那张桌子，领班又打开了一瓶酒，满上，递给布热佳品尝；然后便接着斟酒，和布热佳聊天。我的未婚夫接着说：“因为布热佳从小喜欢汽车，让他开着一辆货车运送炉子和蔬菜，他为此而感到骄傲。当上司机，能挣钱了，有时他身上揣着两万克朗，但是轮胎一爆，这两万克朗便泡了汤。我这位老弟花起钱来就像发牌一样，他老觉得如今有两万克朗，下个月甚至就会有三万克朗。他也是这么过日子的，到头来我爸爸还得借给他汽油钱……他那位玛尔达也一个样。她曾经是机关职员，但又没法不丢掉工作待在家里，因为她想，既然布热佳这个月挣了两万克朗，以后每个月就可能挣三万，那玛尔达还有什么必要去上班？尤其他又爱吃醋，吃醋得厉害，有时还气得患起急惊风来……玛尔达在跟布热佳结婚之前，曾跟一个歌唱家、合唱队员谈过恋爱。那人很年轻，跟邻座上那些军官们一样有着一头漂亮的鬈发。”

“或者说，跟您一样吧！”我说。

“对！”我未婚夫说。我们继续在舞池里步来步去。“布热佳吃那歌唱家的醋，玛尔达不得不待在家里，免得碰上这位鬈发美男子。再说，您自己也看到，不管是布热佳还是我，我们都是帅小伙嘛！我认为，库珀①或泰勒②要是再长漂亮一点儿，也许就能像我和布热佳一样。这就有得可说了……”

在我未婚夫唠叨的这当儿，我瞅了一眼我们那张桌子：布热佳在那里和服务员领班碰杯，讲笑话，大家都在哈哈大笑，连邻座桌上的军官们也都举杯做了一下与布热佳和玛尔达碰杯

---

① 库珀（Gary Cooper，1901—1961），美国著名电影演员，两次获奥斯卡奖。

② 泰勒（Robert Taylor，1911—1969），美国著名电影演员。

的手势。他们在用眼睛寻找我，并举杯对我作碰杯状。他们在引诱我坐过去和他们一起喝酒。我于是拉着未婚夫的手，同他一道回到座位上。领班给我们斟满葡萄酒，并解释说："如今习惯于不断把酒斟满些，好让葡萄酒溢出一点儿。"我像专为解渴似的大口大口喝着，因为别的喝法我不会，只会用来止渴，所以我宁可喝啤酒。于是我们都举着杯子在空气中碰了一下。我们对邻座的军官们露着笑容、点着头，他们也对我们龇着牙笑，一撮撮鬈发耷拉在眼睛上。他们桌上已经摆了十只勃艮第葡萄酒[①]空瓶子。随即又演奏了探戈，接着是华尔兹，演奏每一支舞曲时小提琴手都凑到布热佳耳边，布热佳已经飘飘然了。军官们的胆量也增大了，其中两位站起身走到我们桌前，在征得我的未婚夫和布热佳同意后，便请我和玛尔达跟他们跳舞。布热佳笑容满面坐在那里，玛尔达脸色煞白，表情颓丧，不想跳，她一再表示抱歉，可是布热佳对她喊着话，还用手示意，要她去跳一跳，高兴高兴，还喊着说她只有在跟一个年轻男人跳舞时才感到幸福，说这是她的一块天地。玛尔达随他说，她挽着军官的手，随后跟他跳了探戈舞。我也在跟一个军官跳。他的浅色头发扎进了我的眼睛。这位年轻军官一股酒味儿，在我眼睛跟前我清晰地看见他雪白的牙齿。他总笑，知道自己有口漂亮的牙齿，所以才一个劲儿地笑着。我觉得很高兴，因为我从没料到能这样。我暗下决心下次还来这里玩，只

① 法国中部勃艮第地区所产的葡萄酒，早在罗马时代便已享有盛誉。

要有时间，我们便仅仅到这里来……

我跳舞的时候，整个舞厅都在徐徐旋转，在我的扇形视线内，我看见吉他手在朝我看，接着看到我们往下走进这舞厅的台阶，然后是一张张桌子，一对对舞伴的背和脸。突然我看到了我未婚夫的脸，那么严肃，一会儿又显得那么失落，一会儿又像从天花板掉到了这里，手里握着杯子，一饮而尽。我在转着圈儿跳，一回头，又见他斟满了酒，又是一饮而尽。后来我们跳到了玛尔达与她那位军官旁边。玛尔达一脸严肃，眼睛里含满泪水，但她看到我跳得很起劲、眉开眼笑时，于是她也对我微微一笑。她那位紧紧贴着她的舞伴，将自己的女舞伴转到桌子那儿、布热佳跟前，他无缘无故对他的女舞伴一低头，倒不是要吻她，只将自己那汗乎乎的脸轻轻地触着了她的脸，他的鬈发耷拉在她的脸上……布热佳站了起来，用牙齿咬住舌头，然后大吼一声："你这个婊子养的！臭婊子养的！"他举起拐杖，可是年轻的军官轻而易举地夺下它，笑着抓了一下布热佳的头，摘下他的贝雷帽，布热佳愣在那里，我的未婚夫也愣了，连服务员领班也僵住了……布热佳站在那里，头发极少，是个秃顶，但是脸却晒黑了，只是秃顶白里透青，样子像个马戏团老年小丑。小提琴手凑到他耳边演奏，领班拿着贝雷帽戴到布热佳头上，玛尔达在布热佳面前哭泣，但这一切都已无济于事。布热佳付了账，军官们赔了个不是，向布热佳鞠躬，他们的鬈发一个劲儿地耷拉着碰到布热佳的脸，这更增加了他的悲伤、痛苦和沮丧……

只有我的未婚夫是平静的，目光炯炯，只是观望着、惊讶着，不能也许不愿介入，没打算说什么或请求作出解释，更确切地说，他仿佛因为在这里见到这情景，成为一个见证人而感到荣幸。他点了点头，我则挽着布热佳的手，给了他拐杖，由领班陪送着走了。军官们站起身来，显得很尴尬，他们互相看着，彼此打量了一番，双手紧贴着制服，知错地低头不敢再望。玛尔达还在哭泣，她的眼睛在对我说，“我早就预料到，每次都是这么个下场。”布热佳艰难地上着台阶，小提琴手走在布热佳前面，这位布热佳的朋友，边走边拉着一支忧伤曲。这位小提琴手有着一双恭顺的眼睛，他的浓密的头发也抹了油，中间分了一条缝……是的，那小个子富于幻想的犹太人扎迦利灌的唱片中就是奏的这支曲子：“小提琴呀，我的心……”

然后我们坐着雪铁龙往家走，在我们开出之前，那位小提琴手还在车门口弯腰鞠躬。布热佳坐在方向盘前，可是连那忧伤曲也没解除他的忧伤……小汽车开动了，玛尔达坐在布热佳旁边哭泣。我们已经开出了小镇，雪铁龙像要散架，布热佳那种开车法，真是吓死人。我的未婚夫想开玩笑，可是连他的幽默感也已经过劲儿了。汽车高速驶过一个又一个村庄。我请求布热佳停车，我实在忍无可忍了，可是布热佳还接着开，那辆破旧的雪铁龙仍旧让你担心它会散架。我们扎了一个轮胎，可是布热佳仍旧往前开，我和未婚夫在后排座位上一次又一次地彼此倒在对方身上。我不禁对着博士吼了起来：“想个办法制止呀！他妈的！”可他仍旧缩在角落里。如今轮到我来发横了，我的性格像我妈，一个林务官的女儿，如果有必要，她发起狠来连爸爸也制服不了，真可谓难以驾驭！我往布热佳背上猛击一拳又一拳，我一个劲儿地捶得他几乎将车子开到一堆碎石上，雪铁龙几乎停了下来。我猛地一下推开门，在向车外滚的时候，还没忘了连袖子带手将我未婚夫也拽下车子。布热佳清醒过来，改变了车速，雪铁龙从碎石堆里爬了出来，靠着三个轮子摇摇晃晃继续在公路上行驶，它的灯光，红色后灯在朝一座小林子拐去……我俩仰天躺在一条壕沟里，喘着气，两手摊开，彼此的手指触着了对方的手心。满天星斗……我的未婚夫说："您记住！谁若想进到咱们这个家庭，就得学会'入乡随俗'，就像科拉什家的奥拉涅克说的那样。"

17

结婚前三天，我的未婚夫为此而病倒了。他坐不安、睡不宁。“本星期五，这一天的上午十点半钟、地点扎麦切克。”这个白纸黑字的结婚通知把他吓坏了。仿佛这一天这一时刻他要去被开刀动手术似的，他甚至在单位请了三天假，说是家里死了人。接着他便只是挨个地上酒馆，每到一个小酒馆便喝一通啤酒，然后再去另一家。他只有这样一直走着才能不去想那结婚的事儿。好比他有一天喝醉了，第二天便总是逃避这个顶着他名字的醉汉，他只顾一个劲儿地走，甚至小跑起来，使劲逃避，可是那醉汉总能追上他。等他一停步，他便头疼、不舒服。只有在他一直那么走着、逃跑着，那么他一直还是那个未婚夫；只要他一停步，这未婚夫便又同他一块儿坐着。他就害怕他娶我的那一天，即正式成为我丈夫的那一天离他越来越近。我的未婚夫已经不吃饭，光喝酒、喘气，为这结婚的日子而战战兢兢，说话也颠三倒四了。我还在继续上班，整个饭店都因为我要结婚当新娘子而变得欢快与激动，从衣帽间服务员到经理，大家都对我的婚事感兴趣，故意来看看我，到最后我不得不答应他们在我结婚的前一天和他们一块儿喝酒以祝贺我结婚，并且穿上我的婚礼服。而最高兴的莫过于我的大厨，他从冰箱里取出那冰冻的鹿后腿和背脊肉，准备作为我的结婚礼物：野味冷盘——鹿肉。仿佛它搁在布拉格集市的冰箱里那么多年，就是专为等到我结婚的这一天似的。我也如此，当我一想起将在星期五上午十点半在扎麦切克小宫堡举行婚礼，我就哆嗦，把账也算错了，领班和服务员们老帮我更正。大家都为我这个年已二十八岁的人还为一个普通婚礼而这么手脚无措感到开心。我的未婚夫在星期四就已经忍受不住了。他拿着那把婚礼花束，走遍整个利本尼，从一个小酒馆到另一个小酒馆。服务员给他送上半公升容量的啤酒瓶，将婚礼花束插在里面。我的未婚夫边喝着啤酒边接受祝贺。他拿着这束花走到上面的啤酒花丛酒馆，然后又到科比利斯，到砖厂饭馆，到瞭望酒馆，但不管在哪儿，停留的时间都没超过喝一杯啤酒。他已经只喝小杯的了。每当他穿着那身婚礼服，拿着那束花一坐下来，便摊开他那个男用钱夹。他居然也带个男用钱夹！他平日总是将所有文件、材料及钱币皱皱巴巴塞在裤兜里，如今居然带上个男用钱夹，小心翼翼地将它打开，重又大声读一遍那张通知：婚礼将于星期五上午十点半举行。他肯定已经读了五十遍，总也无法相信这人民委员会主席签署的关于他即将成为一个丈夫的声明。他喝完酒，拿起那把湿漉漉的花束，从瞭望酒馆走出来，来到一家他从未来过的黄雀饭馆和小树枝饭馆。后来又去了大海船饭店，仍旧走的这条路，只要他在迈步，心情就能平静一点儿。他通过这种行走来使自己平静。这种上走科比利斯下逛多乌蒂以及斯霍露利的散步并没有赢得时间，恰恰相反缩短了离这个非常长的日子——星期五上午十点半的距离。到那时我们就将并排站着，非成为夫妻不可了。我在婚前这三天里还以为，我的未婚夫在开玩笑。其实他没在开玩笑。他很可笑，不是他想这样，而他本来就是这样。据我的认识，我的未婚夫是个非常胆小的人，害怕作决定，在我们共同生活的整个时期里他都不善于作决定，总是让我拿主意，连吃什么、到哪里去的事都让我来决定，仿佛作决定的过错永远落不到他身上，一切将转到别人身上、转到我身上来。在这三天里他甚至不敢直视我一眼，总是这样胆怯地将目光移向汽车，或瞅着地面，红着脸，跟位闺阁小姐似的害羞。我还以为他是在演戏哩！可他却是个大孩子，完全不像我想象中的他。他这个能像一个装卸工、废纸回收站打包工、往卡车里装上一百公斤重大包的人、一个汗如雨下也不在乎的汉子，却胆小得像只小鸡，像只小兔，像个受了惊吓挨了揍的小孩。有时我不得不抓住他的头，强力将他的脸转过来，让我们面对面地站着，让他不得不直视我的眼睛，可他却垂下眼睑，我得掰开他的眼皮，得费好长时间才能让他看我一眼。我看着他的眼睛，像对待受惊的马、受惊的小动物一样安慰他，让他平静下来……“喂喂喂……怎么回事呀？”我的手掌像汽车上的刮水器一样在他的眼前晃上几下，让它消除恐惧这夜间噩梦，就像有的孩子早晨醒来要哭一场，被夜里的梦吓坏那样。我感觉到，我要是紧紧地挨着他站着，他的心便怦怦跳，全身哆嗦，“怎么啦！您出了什么事儿？”我总爱问他。

“没事，没事，我不知道。我很糟糕，”他埋怨自己说，“我从小时候上学起就这么担惊受怕，我老是得到坏的成绩单，我一直有种拿到坏成绩单的感觉。再有，我从小就爱跑到一个什么别的地方去，总有个什么东西驱赶着我，让我离开所在的地方，到别处去，从那个别处又再跑到我不在的另一个地方去。”

“行了行了行了！”我抚摸着他，对他轻声耳语说，“我们原来是什么样，将永远是那个样。你可以干你直到现在所干的一切事情。我将继续上班，赶上我上下午班时，你还继续到电车站去接我……你用不着向我作任何解释。要是你不想说话，我们就沉默好了；要是你想说话，你可以向我倾诉一切。我会尊重你这些自白。你也可当着我的面写作，我会安安静静不去打扰你的，就像我根本不在这里一样。也许我会重新开始用钩针编织图案，你可以写作，做你想要做的事情。我只求你，别从我身边跑掉。除了和你在一起，我不想另样地生活。你要是十点半不到扎麦切克宫堡来参加我们的婚礼、我与你的婚礼，我恐怕会死掉的。”

我们的头碰在一起，朝向院子的窗户敞开着，我们的眼睛望着别处，我在对着他的耳朵轻声诉说。他却哭得泪水一滴一滴掉在我头发上，他像一个孩子那样哭起来。我用手掌慰抚着他。他在哭，向我亮出了实实在在的他，就像自己撕开了自己的衬衫，犹如挂在农家床铺上方的耶稣像一样，向我掏出了自己的心，使我感到备受敬重。“你听见我说的话吗?”我问。

他抽泣着，点点头，重复好几遍地说：“我听见了。”

而我，结婚前三天便将一灌水放在炉灶上，炉膛里的火焰熊熊呼啸，火的旋律令人感到舒坦和安宁……我上完下午班回来时，被巴黎饭店的厨房弄得疲惫不堪，满身都是油烟和烧煳的肉嘎渣儿味儿，两条腿的灰尘直到膝盖上，他到电车站接我时，我们一道默默走过利本尼的小巷。当我们走进这栋楼房，走进我们未来的洞房，走进这唯一的一间小斗室时，已是深更半夜。这间小屋如今连我也觉得它是令人感到快慰的，尤其当生铁炉子里生着火，噼啪响着通向烟筒，炉台上的水壶嗞嗞叫着的时候。他将我的腿放到洗脚盆里，那个磨损得很旧的盆里。谁要是从窗口瞅我们一眼，还以为这男人在慢慢地脱去我的衣衫准备做爱哩！然而这个男人，我的未婚夫脱下我的袜子，将我的裙子撩得老高只是为了浇上热水，掺上凉水，直到水温适度非常舒服为止。然后他便卷起袖子，跪在我跟前，一条腿一条腿地捧起来，在这两条脏腿上打肥皂，慢慢地将它们洗干净，我闭上了眼睛，心里甜滋滋的。他用柔软的澡擦给我擦拭着两条腿，用水清洗一遍，再擦一遍，洗一遍，洗了这条腿洗另一条腿，整个一盆水被我的脚弄得发黑了。我的未婚夫将我的一条腿，已经洗干净了的，用毛巾擦干，放在地上，轻手轻脚地给我穿上拖鞋，然后又是第二条腿……随后站起身来，温柔地抚摸一下我的头发，走到院子里，哗啦一声将脏水泼掉。

当他累极了，憔悴地坐在我面前时，我便端来脚盆，将他馈赠给我的回报于他。我解开他疲惫无力的双脚上的鞋带，帮他脱下短袜，在他面前跪着，为他洗脚，洗了这一只洗另一只。突然我明白过来，他在我面前如此地卑躬屈膝，而我又在他面前如此卑躬屈膝为他洗脚，这洗脚实际上是我们之间眼下最美好的一幕。我真希望我尽量洗得最久，我仔细地将他的脚擦干，他带着醉意渐渐入睡，朝我身上倒过来，我给他脱了毛衣，他又摇晃着要倒，我像给一个死了的男人脱衣，然后脱去长裤、短运动裤，将赤条条的身体扔到一面英国旗子上，这是我未婚夫用来当罩单盖在被褥上的。他摊开腿，完完全全地平静了，仰天躺倒睡着了。

炉火烧得呼呼地叫，我添了两段木头进去。四下里顾盼着这小小房间，我感到幸福。我这个曾经住过拥有十三间房的小洋楼的孩子、小姑娘，如今仅仅一间小房也使我感到满足。我闭上眼睛，思想像过电影一样，跑到我们过去的住宅，穿过一扇扇敞着的门，回忆起一间又一间房子，回忆起拿破仑第一帝国时代造型风格的晶莹椅子、印花布罩的沙发和靠椅，褐色的巴洛克式的餐厅，餐橱上方挂着的荷兰大师的名画，房间里插满鲜花耀眼夺目的花瓶……我睁开眼睛，不错，在我的头顶上方挂着一个可以上下拉动的吊灯，我在这房间里第一次惊异地发现，这盏吊灯的铁丝是拴在顶楼上我未来小叔子布热佳曾经用过的残腿矫形架上。这位小叔子不到三天之后将成为我未婚夫在婚礼上的一位证人……

18

我结婚的日子来到了。我的未婚夫黎明前就已穿上了婚礼服。在他穿好衣服之后，才气恼地发现他竟忘了刮脸，于是往脸上打些肥皂，连结婚衬衫领子上也抹上了肥皂。他恼怒得连刮胡子刀也不听使唤在他脸上划了个口子。他吓了一跳，连忙用水洗，冲掉脸上的肥皂。他的手直颤抖，可还一直拿着那束婚礼用的花，只在需要往灭过好几次的炉子里添柴火时才把它放下。后来我未婚夫的表妹和莉莎来帮我穿衣服。博士却捧着花束到赫拉夫尼街刮脸去了。我六神无主，生怕他像我以前那位未婚夫一样在婚礼前突然跑掉，跟别人结婚去了。后来我便开始换衣，我不管拿起什么，手都在颤抖，不是扣不上扣便是打了死结。我的两位傧相不得不从两边帮我拽住。我虽在微笑，可却想哭。后来布热佳和玛尔达走进院子里。布热佳打扮得漂漂亮亮，他打了一条好看的蓝领带，戴了一顶礼帽，还一口一句叫我新娘子。我用眼睛向他示意，求他开恩别老这么叫。玛尔达和米拉达一边抽烟一边喝啤酒，乌利跑到赫拉夫尼街回来说去了两个理发店都没找到我的未婚夫。随后我的女傧相给我拿来婚礼帽，她们不得不给我戴上并夹牢。这时我可真的哆嗦起来，我的腿发软，因为院子里又来了一批参加婚礼的客人。米拉达出去迎接他们，从洗衣房拽出一张桌子，洗衣房里那个一直灌着凉水的大盆里面放了三十瓶香槟和浓度酒。米拉达往桌上铺了块台布，给参加婚礼的客人们斟酒。可是我的未婚夫仍旧没有来。随后女傧相们给我披上婚纱，她们将婚纱撩起来，我的眼睛在流泪，脸上露着强装的微笑。脸色苍白的乌利又跑回来，甩动着肩膀，又一次跑来告诉我自己也已经知道的事实：我的未婚夫仍旧没有赶到，可能拿着那束花在某个地方喝啤酒。乌利卷起袖子，指着手表说已经是走的时候了。我掀起面纱，真想拉倒算了，非常想跑到一个什么地方、一个角落里去痛哭一场。我的那位大妈艾玛来了，她带来一把鲜花，朝院子里环顾了一下。当她走进我们的厨房、餐厅和卧室，当她看见我坐在那里垂头丧气时，我那位大妈呀，一见万事俱备，只缺新郎和鲜花，恰恰相反，倒有些高兴了。

米拉达和玛尔达在院子里来回走动，为参加婚礼的客人别上用白丝带扎着的桃金娘枝子。我的女傧相们有意慢吞吞地为婚礼客人们装饰上这些桃金娘。我们巴黎饭店的两位服务员进了院子，后面跟着大厨师傅。服务员们端着一只用餐巾盖着的大银盘。我一见到我们这位大厨，便突然松了一口气，仿佛压在心上的一块石头落了地。我突然预感到，我的未婚夫一定会来。艾玛坐在我旁边，她丝毫不隐瞒她因见到逃走的不仅有她儿子，而且也有博士这一点而感到高兴的这种心情。可我的未婚夫却一下飞跑到院子里，他容光满面，双眼透着些微醉，但却仍然炯炯有神，闪着泪花。不是因为我们很快即将成为夫妻，而是为他自己已克服了胆怯，增加了勇气而感到高兴……他已站到参加婚礼的客人中间，已经在抖动着婚礼用的花束，已经在与人们碰杯，已经在津津有味地喝着啤酒。我也容光焕发，我已经感觉到我重又成为那巴黎式的奶油蛋糕。我擦干了眼泪，站起身来，跺一下脚，又跺了一下，立即来到院子里。两位女服务员各抓住餐巾的一角一掀，盘子里摆着凉了的鹿背和臀尖肉，都已切成小块，立即可供享用了。两位服务员来到我面前，我们碰了碰额头，那两个小丫头由衷地哭开了。大厨将双手伸向我，我连忙掀起婚纱，他真心实意地吻了一下我的脸颊，嘴唇轻轻碰在我脸上。随即乌利看了看表，脸色仍那样苍白。我的未婚夫终于将婚礼花束递给我。乌利递了个眼色，自己便作为我的证婚人第一个在院子里迈开脚步，其他客人紧随其后。我的未婚夫脸刮得干干净净，还抹了点香水。我们走下楼来，朝着贝朗诺娃太太的窗口走去，小吊灯从上面照着这位爱干净的太太，眼镜在她脸上闪着两圈光。如今她走到过道上，吻了一下我的未婚夫，又将手伸给我说："您跟博士在一起将会很幸福，因为他是一条好汉。晚上我会给你们送来我们金鹅饭店烧的酱冻兔肉。"……婚礼队伍七歪八扭地走过潮湿的走廊，几乎每个参加婚礼的人走出走廊来到街上时都在用手掌擦拭他们被走廊湿墙弄脏的外衣，因为他们都喝了不少够劲儿的酒和啤酒。有几位客人走了几步之后又转回去，匆匆到院子里去喝掉那剩下的几口啤酒，以便在走到热麦斯尔米茨克·波特舍普敞着的大门之前追上我们的婚礼队伍。

我们的婚礼队伍走过科德拉斯卡街时，狐狸饭馆的玻璃门突然敞开，里面站着许多客人，老板斟了一杯啤酒跑出来交给我的未婚夫，他则高高兴兴地一饮而尽，我从饭馆的朦胧烟雾中看到举起的酒杯的闪亮。我接着往前走，未婚夫快步追上我，于是我们又并排走着。我的未婚夫的大衣袖子蹭得很脏，乌利的衣服也蹭脏了，我转身一看，所有参加婚礼的客人都被我们那糟糕的走廊墙壁蹭脏了，甚至连女服务员也未能幸免。我笑了，在这一刹那，当我看到我们这个滑稽的队伍、这个没戴面具的化装队伍时不禁笑了。我抬起眼睛，只见我的未婚夫搂着我的腰，紧紧挨着我，几乎要把我抬起来，给我一个从没有过的甜美的吻。天空像要下雨的样子，突然变得凉飕飕的，下起了雪。当我们横过人行道，沿着罗基特卡河走的时候，我的未婚夫又沿着台阶往下跑到小河旁，从夏天发大水推到这河里的一个生锈的炉子和三个殡葬用的花圈中间捧起一捧水浇到脸上。回到我们这里时，他整个都湿乎乎的。莉莎和乌利两人脸色苍白，昨天他们还责备我不该在婚礼通告上把名字写成艾丽什卡，说我本应照妈妈那样叫作艾丽扎贝丝的。可我昨天坚持说，根据出生证明书我的名字本来就是艾丽什卡。莉莎嚷嚷开了，说那是沙文主义的教区牧师故意这么写的。说既然已经如此，在婚礼通告上没有艾丽扎贝丝这个名字，至少在结婚证明书上应该写清楚。说我虽然是捷克斯洛伐克共和国公民，但我的民族是德意志的。可是我说，我是捷克人，民族也是捷克的。我那位艾玛大妈看见我的未婚夫这么一身湿，不禁叹一口气，而其他客人却乐得直笑。我发现我们队伍的人数已少到不足十个人了。我高兴的是，我未婚夫的那些朋友平日那么喜欢跟他在家里吃喝宴饮聚会，这时都回到院子里接着喝啤酒葡萄酒去了。我还真高兴，因为在扎麦切克宫堡的婚礼上，这帮家伙可能会醉倒在地或突然心血来潮高歌起来。

后来又出太阳了。扎麦切克宫堡光芒四射。我们从人行道走上台阶，然后走上一条铺着沙子的道路，花园中的小路是以剪齐的黄杨作装饰的，宫堡的正面有座大金钟在放射着光芒，钟上的针指着的时间是差五分十点。我的未婚夫松一口气。他的衣领和领带勒得他难受，被罗基特卡河水打湿的眼睫毛也干了。乌利跑到我们前面，他打开扎麦切克宫堡的大门，我那两位年轻厨师已站在那里，他们按照给我的承诺穿上了他们的节日厨师装：格子裤、白短外套、白色厨师帽。他们对我微笑，祝贺我，大概是从厨房里偷着溜出来的，我也以微笑回报。随后我们走上白色的台阶。从上面传来了乐声，管风琴演奏了《哈乐根[①]的数百万》，当我们迈上最后一级台阶，白门敞开，出来一位官方女职员，穿着一件丝绒服。她将我和我的未婚

---

① 哈乐根，意大利即兴喜剧中的定型角色之一。常为绅士的随和而机智的侍从。

夫，还有证婚人请到她的办公室，在结婚证书上签了字。从敞开的门我看到，在我们之前举行过的婚礼上的客人正从我们刚走上来的台阶一步步往下走。我感到高兴的是，我的新郎选了这个地方来举行婚礼，选了这个小宫堡，全套的巴洛克式家具，特别是门房高大，这是我爸爸最欣赏的。接着，那位人民委员会的女职员将我们的婚礼客人排成队列，她奇怪大家的衣服袖子为什么都蹭得这么脏。然后打开婚礼厅的门。我愣住了，扩音器播出了老乐队演奏的音乐“小提琴呀，我的心……”不错，正是扎迦利演奏的这首忧伤的曲子，这首我爸爸喜欢的曲子，这首在我家播放了整整一个星期的歌曲，那次切赫娃来到我家，我爸爸的指头按在她手背上，眼里还闪着泪花。我转身看看布热佳，他对我点头微笑，是他带来的这张唱片，是他安排在婚礼上播放扎迦利演奏的这段音乐。一条红地毯在我面前延伸。那边靠墙有座金狮雕像闪烁金光，旁边是插着旗子和摆着鲜花的小桌子。我的证婚人乌利领着我走过这个厅，这一间几乎跟我家从前的餐厅一样大的大厅，我身后跟着我的未婚夫和他的弟弟布热佳。我手捧鲜花，现在我已经知道，我的婚礼能办成，我已不再哆嗦，也睁开了眼睛，我的未婚夫已经站在我身旁，我能闻到他身上的酒味，如今轮到他哆嗦了。然后那女职员将结婚证书放在桌上，从一道门里走出一个戴眼镜的男人，身上披着一条肩带，站在桌子后面。女职员向他介绍了我和我的未婚夫，然后，那个被她称为主席的人对我们讲了几句话，我看着他的那本红书，书里露出一根缎带，缎带上盖着印。这个人对我们说话时强调我们要相爱，说我们的国家不仅是我们的保障，也是我们的保护者。他重新谈到我们要互相支持。然后问我们是否存在可能阻挠我们结为夫妻的障碍。我和我的未婚夫都说没有。他又分别问我们俩是不是自愿的，我清楚地回答说“是”；我的未婚夫却咳嗽了好几声，舌头像是被燥热粘住难以动弹，到最后总算吐出了他那个“是”字。然后由人民委员会主席宣布我们的婚姻关系生效。其证据是让我们互相交换戒指。我们互相转过身来面对面，女秘书用盘子端上这两枚戒指，我俩脸对着脸，如今我的这位丈夫用他那发僵的指头给我戴戒指，戴了好几次，到最后才将它戴到我的手指上；我也好玩儿似的给他戴上了戒指。他揭开我的面纱吻了我一下。扎迦利最后一次地演奏了“小提琴呀，我的心……”主席第一个向我们表示祝贺，接着是他的秘书，她还对我耳语说，结婚证搁在她的办公室。随后乌利吻了我，他很激动，再然后是莉莎，最后是其他婚礼客人，我真心地与我们的大厨巴乌曼先生这个好人亲吻了一下。是他让我在巴黎饭店打黑工，是他增强了我的勇气，在巴黎饭店首次举办宰猪节，博士给我献上一大捆花的那时候，是他唯一地看出博士将来会娶我，结果还真的娶了我。

结婚仪式就这样算结束了。我那位大妈艾玛最末一个吻了我。她深深地叹一口气，我从她的眼睛里看出来她很高兴，总算摆脱了我，我不会再在她那里了。我对她与我一块儿面对她的儿子、我的那个负心人所经受的一切表示了感谢。如今我换了一位不会让我厌烦、对我格外好的男人，我将同他住在一起，和他共一个姓①。婚礼仪式结束，通向走廊的门重又打开，我们走出婚礼厅，重又播放《哈乐根的数百万》，因为又一列婚礼队伍正沿着台阶一步步往上朝着那位女秘书的办公室走去。苍白的新娘，年轻的新郎，还有严肃得发呆的客人……这时，我们的队伍正往下走，已经无拘无束，乱糟糟的。随即来到扎麦切克宫堡门前，我的那两位厨师和女服务员都站在那里，向我和新郎致贺，女服务员们激动得哭了。接着来的便是认得博士的几个街坊熟人、摄影师的祝贺。我们沿着台阶走到人行道上。两位厨师骑上他们的越野车，女服务员坐在他们身后对我们挥手，摩托车响了几声喇叭，陪着我们这支乱七八糟的队伍一直开到波德里普尼雕像下，转弯朝下开到罗基特卡小河那里，经过利本尼桥再回到巴黎饭店……后来我们便到了堤坝巷。我解开短大衣扣，以便走得轻松些，我穿着这身漂亮的婚礼服，手里捧着婚礼鲜花，行人纷纷向我致意，对着我们的队伍直乐，我们引得他们开心，因为我们所有人的礼服袖子都被我们的走廊墙壁弄得脏兮兮的。我们那些参加婚礼的客人们都有点儿踉踉跄跄的。我紧紧抓着那束婚礼花，挥舞着它向行人致意。我突然强烈地意识到，我已经结婚了，这给了我勇气。我真想再回到扎麦切克宫堡去，再从那里往回走一趟。我还希望我们走到赫拉夫尼街去，带着这束婚礼花到博士常光顾

① 捷克风习，女人结婚后改用丈夫的姓。

的所有小饭馆去。我一回头，看到只有两位婚礼客人，乌利和莉莎被这个婚礼队伍吓坏了。这倒反而增加了我的勇气，我脱下短外套，让我丈夫拿着，我这个拖着白婚纱、戴着婚礼帽和面纱的新娘举起了双手，就像我爸爸当年在摩拉维亚[①]穿着民族服装跳舞那样，也像乌利在与莉莎结婚之前，穿着斯洛伐茨科[②]服装跳舞那样，我举起双手，在堤坝巷的街道上跳了起来。我看到，我的丈夫在怎样地微笑，怎样为我的舞蹈而感到荣幸，他这样惬意地瞧着我，用那只低一点的眼睛对我微笑，眼睫毛还粘在一起，这是因为在婚礼前曾在罗基特卡河浸了一通脸的缘故。我奔向他，拥抱了他，我们在路灯下接吻了。我闭上眼睛，手里拿着花束并搂着他的后颈。莉莎和乌利站在那里惊得发呆，其他的婚礼客人们却在微笑……后来开来一辆卡车，司机们从废纸回收站来到这里，当他们看到我们这样地在路灯下拥抱时可开心啦！回收站站长也下了车祝贺我和博士，我们便又在路灯下拥抱，接受他们的祝贺。博士邀请这批客人一起去参加微薄酒宴。于是我们又拥进了我们那条过道，尽管我们小心又小心，可我们的袖子仍旧又一次地蹭在这条走廊的墙上。我拿着花束跑到院子里，转过身来，张开双臂，对着正站在那位爱干净的贝朗诺娃太太窗下的那些陪着我们到扎麦切克宫堡的人们说：“大家都来看看吧！都来喝一杯，和我们一

① 从前的捷克斯洛伐克共和国的东部领土。现仍为捷克共和国的一部分。

② 指摩拉维亚东南部与斯洛伐克毗邻地区。

起干杯！因为我实在太幸福了！”

客人们，甚至有些我不认识的博士的客人沿着台阶走上来。莉莎和乌利则进了他们自己的屋里，他们一开门，那只波比便汪汪叫着跑出来，它又叫又跳的，博士蹲下来，我也蹲了下来，波比舔舔我们，高兴地叫着，像其他参加婚礼的客人一样，在两腿之间的胸毛上编了一个配着白色蝴蝶结的婚礼桃金娘。还有一批客人坐在院子里拍打地毯的木架下方的横木条上，他们也是来参加博士婚礼的，但宁可坐在院子里，笑容满面地喝着婚礼酒。我领着婚礼客人们，手拿着婚礼花束向他们指点着介绍一切：“请看，这是我们的平台、空中花园！”我又指着博士为能待在太阳底下，用来当作写作室的小屋顶以及旁边摆着锯了腿的椅子给他们看……后来我将客人带到洗衣房，如今澡盆和洗衣盆正泡着香槟、啤酒、伏特加酒瓶，凉水不停地往盆里流……“这边，请看，是我们的洗澡间。”我领着客人继续往前走，厕所正敞着门，“……而这里，请看，是我们的厕所！”我用手里拿着的花束指着一堆土给他们看，那上面种的那棵树叶茂盛沿着铁丝伸向四处的爬山虎，铁丝上还挂着一块旧广告牌及博士的真人面具①，这面具又用铁丝固定在板棚的梁上。“这是我们的花园和陵墓。请看，我们就将在这里举行我们的花园聚宴。”我扯着嗓子喊，客人们笑容满

① 从博士脸上翻模下来，以其脸为阳模的面具。通常只在人死后制作，所以也叫“死人面具”。

面，只有我丈夫被我所讲的话弄得不知所措，他简直不相信自己的耳朵，可我今天并没有喝酒。我今天之所以感到如此幸福只因为我当了妻子，在结婚证上已签了字；我之所以感到幸福，还因为尽管我那位艾玛大妈，还有莉莎、乌利可能都希望看到我愁眉苦脸的，认真考虑一下我们两个作为夫妻下一步该怎么办，因为我们是向他们借钱办的这场婚礼，而根本没去想以后怎么还给他们，可我却并不胆怯沮丧。我迈着轻盈的舞步领着客人们走进我们那间没有生火的房间，我待在这里虽然很冷，可我却笑呵呵地指给他们看："请看，这个角落就是我们的厨房，再看那个角落，便是我们的卧室，窗子附近这儿是男用室。"我还用婚礼花指着生铁炉子，然后是将英国旗子蒙着的黄铜床铺指给客人看……最后还让他们看到一把椅子和它旁边的一张厨房用的方凳，上面摆着一个粘着死蜂窝的树干，"这儿，"我指给他们看，"这儿是我们的餐厅！"我拿起一个小圆桶，将花束插在里面摆到可以上下拉动的吊灯下面的桌子上，桌旁还有两把椅子。

透过墙壁可以听见，整个房间、我未来这公寓墙壁后面的研究所那架巨大的车床，那把巨大的锯又在锯断着一根巨大的轴。我转过戴着婚纱婚帽的头，用手指着那边对他们说："你们听见了吗？这太美了！半夜三更这么轧轧响。我们的桌子在动，我们的床也在动……可不是吗，这里有点冷，我们不得不常到院子里去暖和暖和，或者不得不生火。"我划燃一根火柴，打开炉门，里面早已摆好碎木片，火苗蹿了上来，没多久炉膛里便呼呼作响，我又加些木柴，我像博士每次生火那样，立即跑到外面，横过小院一直跑到通向旋转楼梯的门口，上楼便是莉莎和乌利他们的房间。如今我站在那上面，看到我们的烟囱在冒烟……参加婚礼的客人们也跟着我走出来，他们冷得发抖，可我却站到院子里，背靠着墙，踮着脚尖，骄傲地对大家说："你们看见了吗？看见了吗？这是从我们烟囱里冒出来的烟！这个烟囱的通风性能可好啦，因为它下面原先是锻造车间的打铁炉呀！我们的住房是过去的锻铁作坊改成的……如今，请大家都过来，为我们的婚礼干杯吧！"我跑进洗衣房，搬出一瓶瓶绿瓶装的香槟酒。每人一瓶，只有司机除外，大家都看着我，我见他们都看着我，如今我就是那位眼睛里镶着那颗精致小扣子的小姐，如今我就是那位波尔迪纳，印在运往世界各地每根钢材坯条上的鬈发嵌有星星的那个姑娘，我如今是这个家的主妇。我打开装香槟酒的框子，等着大家拿，大家都跟我下手了，只有几个不大能喝的犹豫了一下。但我看到我那位大厨巴乌曼先生在朝我看，看到本色的我；我的丈夫也在朝我看，让他感到惊喜的是，他们回收站主任也以跟他一样的目光在注视着，连玛尔达、我丈夫的表妹米拉达也从洗衣房里走出来，手里端着酒杯，她们的眼睛已含着浓浓的酒意。在所有客人中，唯一只有我那位大妈艾玛，还有那总站在楼上的莉莎和乌利被我这番表现弄得不知所措，很尴尬。波比跳着欢叫着，一个劲儿地在婚礼客人们的腿中间蹭来蹭去。现在从我的葡萄汽酒瓶里冒出了大堆酒泡沫，接着从五个、十个甚至二十个葡萄汽酒瓶里冒出了大股泡沫珍珠状液体。波比跑到哪里，哪里就被洒上一身这汽酒。大家举起这绿色酒瓶，所有参加婚礼的客人都在喊着、说着酒话、欢笑着，但是大家都为我和我丈夫的健康而干杯，祝我们在这所美丽的公寓、在这座空中花园里生活得美满幸福……

随即大厨巴乌曼先生掀开了台布，我便俯身看到了鹿臀尖和鹿背酱肉冷盘。我举起双手，为这鲜美野味而惊喜得鼓了一下掌。巴乌曼先生和我将桌子抬到院子正中间，厨师将肉块放到纸盘里分发给客人们，大家津津有味地吃着，连乌利和莉莎也从楼上走下来，脸上露出了笑容，那股尴尬劲儿已经过去，还吻了我，也拿了一份野味冷盘，并喝了汽酒。一下子大家都鸦雀无声地吃着，只听得大家专心致志地品尝这精美野味的咀嚼声。这鹿终于等到了我结婚的这一天，于是我不得不向大家讲述一通巴乌曼先生如何在八年前知道这头鹿，这头鹿又如何在布拉格集市的冰库冰柜里躺了八年，后来我和巴乌曼先生如何在那里找到这头鹿，搬回来，我们又如何先得用锯铁的锯子将它锯断……巴乌曼先生在巴黎饭店厨房里第一次见到我这位丈夫时，便预料着我们将在这里结婚，于是将一块鹿臀尖和背脊肉留在冰箱里……这一来，我们的婚礼便成了任何人在任何地方都没经历过没见到过的一件事。当大家都看着大厨巴乌曼先生时，直到这一刻我才意识到这一点：他们看着巴乌曼先生，仿佛是总统，或者是一位著名的足球球星亲自来参加我们的婚礼。大家注视着巴乌曼先生时，他容光焕发，一直在微笑着。他突然吓了一跳，因为不得不立即赶回巴黎饭店去，赶回他的厨房去，关照他的烤肉，以免厨房里出事……于是与我互吻道别，双手握着我的手，然后握着我丈夫的手表示感谢。我从没见巴乌曼先生这样过，他平常总是递给你一只胳膊，可是对我丈夫却用双手抖动着他这双博士的、但粗壮的手。他抓着博士的手，然后拨开他的手掌，抚摸着掌上的老茧。我丈夫微笑着，为他自己的手而感到骄傲。随后大厨便沿着台阶走下来。接着从焦街[①]来的司机来向我们道别，回收站主任也向我们表示了感谢，那些临时放下工作，只在这儿待一会儿的客人也开始告别……然后，我丈夫拿起一个个礼品包，我开始将它们打开，我们还边看边喝着香槟酒，谁乐意，我们便请他拿着瓶子喝伏特加。我回忆起我爸爸就喜欢用烧酒或伏特加掺在香槟里喝，说这是俄罗斯熊喝的酒。我如今也掺着伏特加喝，以示对爸爸的纪念。布热佳已经喝醉了，也变成了一只俄罗斯熊。我们打开着礼品包：罐子和一些不时兴的处理品。我得到的所有这些结婚礼物已经转手过几个婚礼了。我知道我永远也不会将这些东西摆到我们屋子里去的。布热佳对每一件礼物都要发表一通评论：“啊！这可珍贵啊！啊！现在已经不生产这玩意儿了，您在哪里弄到的这东西，在科特采？”他又环视了一下婚礼客人们，“啊，这玩意儿！你们是在圣·沃伊杰赫那儿的杂物堆里找到的吧？我一辈子也没见过这类东西。喂，兄

① 赫拉巴尔干活的废纸回收站所在地。

弟，你得去为它办个保险，要不，别让人在这里就把它偷走啦！快点儿扔到垃圾箱里去！”这恰恰是莉莎送给我的结婚礼物。她受了侮辱，一气跑到楼上自己房间里去了。我丈夫接着打开下一包礼品，掉下一块旧窗帘，我立刻将它捧到胸前，因为它正好是爸爸用过的那种窗帘，他曾将它挂在他的卧室里挡住整个窗子，因为这是从斯洛伐茨科故乡他出生的小木舍那儿带来的。我喊叫起来：“啊！这窗帘将成为我们家的最佳饰物！”

就在这一刹那，比我们的板棚高出两层楼的高墙后面轰隆一声巨响，随即从这面墙上掉了一大块灰泥下来，狠狠砸在板棚顶上，倾斜的屋顶哗啦啦撒下沙子、灰泥和碎片，波比耷拉着尾巴跑了下去。后来，过道上、院子里到处都撒着沙土，灰泥块朝四面八方飞溅，参加婚礼的客人们纷纷逃进洗衣房、楼梯下，一个个吓得发愣，不知这整面墙会不会倒下来。过了好大一会儿，等到雾腾腾的沙土灰泥掉得差不多了，客人们才跨过这些碎石走出来。我连忙跑进屋里，拿起我那束婚礼花，举着它大声嚷道：“这太精彩了！你们大家都羡慕我们这座院子、这套住房吧？”可是大家并不羡慕，都在拍打已经变成灰色的黑色礼服。可他们还接着喝他们的烧酒和葡萄酒。我对婚礼客人们嚷道：“来吧！大家都到这儿来吧！沙龙已经烧得暖暖和和，那里要是挤不下，可以继续在我们的餐厅里喝；要是连这儿也没法挤进去，可坐在我们的厨房小角落里；要是连这角落里也挤不下，你们可以到我们的洗澡房兼锻炼房去，那儿有好几张舒适的躺椅。”可是所有客人都举起双手护着脑袋，连声叫嚷着：“怎么都行，就别来这个！我们会得上肺炎，病倒的！”他们匆匆告别离去，因为洗衣盆里只剩下唯一一瓶香槟酒，澡盆里已经没有浓度酒，而鹿肉我们已经一下子风卷残云吃了个精光……我高举着花束喊道：“要不，你们到哈乌斯曼尼酒家、到瓦尼什达那里去，我丈夫从三点起继续接待刚要来的客人。”可是婚礼客人已经与我们告别，拍打着身上的沙子尘土，望着那仍然掉着灰泥残块的高墙，这儿那儿不时还掉下一小块碎灰泥，重又落在客人们身上。他们同我告别，肯定宁愿到瓦尼什达的酒家去。我的弟媳和米拉达抓起一瓶酒同我来到我们房间里，可是她们在到我那里的时候，冷得直哆嗦，于是宁可拿着那瓶酒，横过掉满沙子泥灰的小院跑到莉莎家里去了。布热佳躺在蒙着英国旗子的床上，手杖放在身旁，两眼盯着天花板，板上挂着装有镍制弹簧与皮制细带的护腿架，穿过这个护腿架挂着一盏可以上下拉动的吊灯。我正拿着那对我来说如此珍贵的窗帘，将它撑开比划了一下，行，正好能挡住我们的窗户。我感到有点冷，便将炉膛掏空，重又放进些木柴生起火来，后又到院子里去，跌跌撞撞跨过四处溅着的灰泥块和碎砖头，观察了一会儿，行！我们家的烟囱冒烟了，像一支蜡烛直冲云霄。我听到剩下的被莉莎邀去的客人怎样在她家说笑。一下子这院子里只有我孤身一人，我走进洗澡间，关上水龙头，已经没什么酒需要凉水浇了。我拿起最后一瓶葡萄汽酒，等我回到我们房间，只见楼上外廊上斯拉维切克一家住着的地方，那通向厕所的门敞开着。斯拉维切克太太坐在那里探出头来，用手示意让我到他们家去，说是有件事非告诉我不可。我鼓起勇气，拿着葡萄汽酒走上旋转楼梯，那是我从来没有去过的地方，我突然想去那里看看，因为我们也将有套这样的房子，跟上面这套一模一样。我到了楼上的外廊上，我的带婚纱的礼帽直往下滑，我猛地将它按到头上。可是当我一抬眼，只见那心直口快的斯拉维切克太太真的坐在厕所马桶上，在她对面竖着一个一直顶到天花板上的架子，上面摆着一瓶瓶果酱、煮水果。斯拉维切克太太从马桶座上艰难地站起来，提起这么一条大腿裤，放下裙子，拽了一下水箱的链子，“这种装置我们的厕所里还没有哩！”我暗自说。斯拉维切克太太从厕所里直朝我走来，将手伸给了我，我却吓了一跳，以为她要责骂我的丈夫，说他昨夜，还只是我的未婚夫的时候在院子里的下水道那儿撒了一泡尿，噼啪嘀嗒响得吵醒了她的孩子哩！可是她却祝贺我结了婚，然后将我带到她的住处。对，我们将有她这样的厨房，对，我们也将有她这样的房间，再把厨房安进去，像爸爸请人在别什江尼装修的那样，那是将我们从所有房间里轰出来之后的事。在斯拉维切克太太的房间里，她鬼头鬼脑地将一张铺好的床指给我看，我简直丈二和尚摸不着头脑，于是斯拉维切克太太掀开上面一层被子，在底下一床被子上我看到了我丈夫的脑袋，他正胳膊抱胳膊地呼噜睡觉，戴着白蝴蝶桃金娘的波比也躺在他身旁憩睡。斯拉维切克太太轻声说：“刚不久我出去了一下，他一看见床铺便钻进被窝里了。

波比紧跟其后。如今他们俩像两条泥鳅一样滚在一起……可是年轻的太太，跟我到厨房里去，我们将叙述我们生活中、我们家庭里的一些了不起的盛事和故事。您知道，我到十岁的时候也不认得一个捷克字，我出生在柏林，您知道吗？”

1984年2月完稿

图书在版编目（CIP）数据

婚宴 /（捷克）赫拉巴尔著；星灿，劳白译. — 北京：北京十月文艺出版社，2015. 1
ISBN 978 - 7 - 5302 - 1393 - 3

Ⅰ. ①婚… Ⅱ. ①赫… ②星… ③劳… Ⅲ. ①长篇小说—捷克—现代 Ⅳ. ①I524. 45

中国版本图书馆 CIP 数据核字(2014)第 078713 号

婚宴
HUN YAN
［捷克］博胡米尔·赫拉巴尔 著
星灿 劳白 译
*
北京出版集团公司
北京十月文艺出版社 出版
（北京北三环中路 6 号）
邮政编码：100120
网 址：www. bph. com. cn
新经典发行有限公司发行
新 华 书 店 经 销
北京汇林印务有限公司印刷
*
850 毫米 × 1168 毫米 32 开本 7. 5 印张 143 千字
2015 年 1 月第 1 版 2015 年 1 月第 1 次印刷
ISBN 978 - 7 - 5302 - 1393 - 3
定价：29. 00 元
质量监督电话：010 - 58572393